国家出版基金项目
NATIONAL PUBLICATION FOUNDATION

国家出版基金资助项目

项目编号：2019I~157

"一带一路"大型系列丛书

总策划　戴佩丽
主　编　孙春光

蒋光成 ◎ 著

新疆是个好地方

阳光流泻的土地

中央民族大学出版社
China Minzu University Press

图书在版编目（CIP）数据

阳光流泻的土地 / 蒋光成著 . —北京：中央民族大学出版社，2019.12

（"一带一路"大型系列丛书 . 新疆是个好地方 . 第二辑）

ISBN 978-7-5660-1758-1

Ⅰ.①阳… Ⅱ.①蒋… Ⅲ.①散文集－中国－当代 Ⅳ.①I267

中国版本图书馆 CIP 数据核字（2019）第 235818 号

阳光流泻的土地

著　　者	蒋光成
责任编辑	戴佩丽
责任校对	杜星宇
封面设计	舒刚卫
出 版 者	中央民族大学出版社

北京市海淀区中关村南大街 27 号　　　　邮编：100081

电话：（010）68472815（发行部）　　传真：（010）68933757（发行部）

　　　　（010）68932218（总编室）　　　　　　（010）68932447（办公室）

发 行 者	全国各地新华书店
印 刷 厂	北京君升印刷有限公司
开　　本	787×1092　1/16　印张：13.75
字　　数	170 千字
版　　次	2019 年 12 月第 1 版　2019 年 12 月第 1 次印刷
书　　号	ISBN 978-7-5660-1758-1
定　　价	85.00 元

前　言

　　"一带一路"倡议中，新疆定位于丝绸之路经济带核心区，并以日益凸显的区位优势和辐射效应，与21世纪海上丝绸之路逐步衔接。

　　在第二次中央新疆工作座谈会上，习近平总书记强调，要在各族群众中牢固树立正确的祖国观、民族观，弘扬社会主义核心价值体系和社会主义核心价值观，增强各族群众对伟大祖国的认同、对中华民族的认同、对中华文化的认同、对中国特色社会主义道路的认同。近年来，在以习近平同志为核心的党中央坚强领导下，新疆文化事业得到长足发展，对经济社会发展的引领作用不断增强，特别是随着稳定红利持续释放，文化创新呈现快速增长。实践充分证明，以习近平同志为核心的党中央治疆方略高瞻远瞩、英明睿智，只要坚定不移地贯彻落实党中央治疆方略，新疆形势就能朝着全面稳定的方向发展、就能实现社会稳定和长治久安，新疆经济就一定能够贯彻好新发展理念、推动高质量的发展。

　　"一带一路"倡议的实施是新疆地区走向现代化、融入现代化潮流、发展现代文化的一次新机遇。在这一背景下，《一带一路大型文化系列丛书 —— 新疆是个好地方》出版项目正式推出，其目的就是要围绕中心、服务大局，弘扬主旋律，传播正能量，为推进新疆稳定发展提供了强有力的文化支撑。

丛书坚持党性与人民性相统一，不断增强中国特色社会主义道路自信、理论自信、制度自信、文化自信；坚持正确文化导向，团结、稳定、鼓劲，弘扬正能量；紧紧围绕社会稳定和长治久安总目标，使文学作品服务大局，形成文化艺术的强大合力。丛书作品内容注重创新意识、创新观念、创新内容、创新形式，切实提高文学作品的传播力、引导力、影响力和公信力；坚持"高举旗帜、引领导向、围绕中心、服务大局、团结人民、鼓舞士气，成风化人、凝心聚力、澄清谬误、明辨是非、联接中外、沟通世界"。

　　丛书的出版发行，将对发展新疆区域文化产生积极的正面效应。基于此，我们遴选了疆内的数十位知名作家，通过报告文学、散文、诗歌、小说等形式，从不同的角度反映新疆现代文化发展，展示各民族同胞践行社会主义核心价值观以及逐步形成的进步、文明、开放、包容、科学的理念，讴歌各民族同胞团结互助的精神风貌和浓厚氛围，进一步增强各民族同胞之间的认同感，更好地维护新疆地区的长久稳定和繁荣助一臂之力。丛书视角独特、文字量浩繁、信息量巨大，让新疆人民可以真正全面地知道自己，让疆外的读者可以全面地认知新疆，也让世界客观地了解新疆、了解中国。

　　丛书得到了中共中央宣传部新闻出版署、中共新疆维吾尔自治区党委宣传部审读处、国家出版基金的大力支持，使得这部丛书得以顺利出版。

编者

目 录

"一带一路"大型系列丛书
——新疆是个好地方

第一辑

风过达坂城

风起草原

一

去过很多地方，但对于草原，我一直存有敬畏之心。

在草原上行走，就仿佛一叶孤帆，漂进了一片浩瀚的海。海与天空之间，是深邃到骨子里的蓝。偶尔也会有一朵朵白云飘过来又荡过去，但却丝毫减弱不了视野里那满满的广袤、纯净、寥廓和深远。

那是一片无垠的绿色，在宁静的天边，把悠闲低头吃草的牛马，很随意地写在了大地上。大地不是平的，有些起伏的小丘上，是绿过了头的深黛。沿着一圈又一圈的草场，成片的牧群在草原上缓缓撒开，无论它们走在哪里，都像给无边的绿毯绣上了一朵朵白色的云彩。小丘线条柔美，就像没骨的画，只用绿色渲染，不用画笔勾勒，就把流泻的翠色，轻轻地撒入云际。

草原的夏季就是一段段缠绵的爱情。绿色的海洋，袅袅的炊烟，还有远处奔跑的马，自天边缓缓移动的牧群，一切都把一种恬淡、悠远、平静和忧伤镀在了牧人的脸上，那种惬意，让岁月走成了四季永不凋谢的风景。

冬天的草原，北风呼啸，大雪弥天。鹅毛般的雪花仿佛柳絮一样漫天飞舞。这个时候，草原就像盖上了一层厚厚的绒被，一派白雪皑皑的景象。那温柔的雪，像是风中的新娘，足迹所到之处，便在草原那冰清玉洁的脸上，留下一片青草疯长的影子。

在草原上，风，就是它的情人，一直有说不完的情话。

我想，人生最好的旅行，就是在一个陌生的地方，发现久违的感动。

刚刚进入八月，正是流光溢彩的季节，几个朋友约我去巩乃斯走走，我欣然应允。不知道为什么，我对那里有一种与生俱来的期待。

到底是为什么呢？我自己也说不清。是因为我生长于斯？还是对那里有一种莫名的向往？我想，可能是，也可能不是。也许，兼而有之吧！但不管怎样，我还是沿着独库公路，把车开进了巩乃斯草原。

巩乃斯，地名，系蒙古语，意为"绿色的谷地"。海拔800—2084米，山地、河谷、草原并存，地势跌宕起伏，是新疆细毛羊的故乡，也是"天马"——伊犁马的著名产地。位于伊犁河谷东端，坐落于伊犁哈萨克自治州新源县和巴音郭楞蒙古自治州和静县境内，主要为森林草原。

巩乃斯草原四季景色俱佳，而以春色为最。每年6月，牧民们从"冬窝子"转场而来，在花香鸟语的氛围中，挥舞牧鞭，打马而歌。盛装的少女，剽悍的骑手，款款移动的牧群，蓝天下的草原，以其秀美的风光与浓郁的民族风情，留住了过往行人的目光。

这片由巩乃斯河系贯通的河谷山地草原，降水丰沛，水系发达，草原类型复杂多样，四季水草资源充足。尤其是中山带的山地草甸及海拔较高的亚高山草甸，植物种类繁多。这里奇峰突兀，远山含黛，瀑布飞溅，泉水萦回，花草弥谷，风光迷人。草原恰似五彩织成的地毯，绿底银边花带，在蓝天的映衬下，显得雍容华贵，气势恢宏。巍峨挺拔的冰川雪峰，繁花似锦的五花草甸，苍翠欲滴的天山冷杉，飞流直下的恰合普瀑布，还有分布在阔克乔克山北麓，全国唯一的野生果树林里的塞威氏野苹果、马林（树莓）、野生欧洲李，以及那些潺潺的溪流，叮咚的泉水，在一望无垠的天地之间，倾诉着千年缠绵的相思。

近120万亩天然林，在这里休养生息。

我们沿着独库公路一路前行。

这是一条长约562公里的山路。整条路横亘于崇山峻岭之中，穿越在深山峡谷之间，有三分之一建在悬崖绝壁之上，五分之一的地段处于高山永冻层，跨越天山近十条主要河流，翻越终年积雪的四个冰达坂，同时与众多的少数民族聚居区紧密相连。

独库公路两侧，分布着天山神秘大峡谷、浮雕艺术宫般的盐水沟地貌和"布达拉宫"山地景观，沿途经过那拉提草原、乔尔玛风景区、巴音布鲁克草原，还有镶嵌在雪峰环绕的半山腰上、被称为"南天池"的大小龙池……

山谷中弥漫着野花的芳香，高耸入云的山峰上驻留着寒气逼人的白雪，山间是奔流的河水，山坡上是平缓的草场，傍晚的霞光落在草地上，给草场罩上了一层金黄。牧羊人把羊群用石头和木栅栏圈起来，然后在毡房里埋锅造饭，袅袅炊烟随即便缓缓升腾起来……

一切都如山中的流云，祥和而又充满诗情画意。

准确地说，这是一条典型的战备国防公路。公路以北疆油城独山子为起点，由北向南，沿奎屯河的干支流向天山深处盘旋而上。一面傍山，一面临河，地势十分险要。公路沿途穿过天山海拔3700米的"铁里买提达坂"和曾经中国海拔最高的隧道 —— 海拔3390米的"哈希勒根达坂"

隧道，以及世界上唯一的防雪长廊……

1974年，国务院、中央军委下令修建独库公路。

据说，在长达近10年的公路建设中，168名解放军官兵因雪崩、泥石流等，而长眠于乔尔玛烈士陵园。他们年龄最大的31岁，最小的才16岁。这条公路的贯通，使南北疆路程由原来的1000多公里，缩短了近一半，堪称中国公路建设史上的一座丰碑。

历史不忍回首。

当年为了打通这条路，3万余名解放军官兵面对恶劣的自然环境和艰苦的施工条件，克服高山缺氧、工具简陋等种种困难，付出了巨大的代价，历经14年艰辛，于1983年8月完成公路主体工程，1988年8月完成附属工程。

1980年冬天，1500多名官兵被围困在零下30摄氏度的天山深处。为尽快与40公里外的指挥部取得联系，战士陈俊贵奉命随同班长郑林书、副班长和一名战友前去求援。在海拔3000多米的雪山上，4人爬行了三天三夜，在生命的最后一刻，班长和副班长将最后一个馒头让给了陈俊贵，溘然长逝……陈俊贵和战友掉下悬崖后被牧民所救，才把消息传了出去，使1500名战友得以获救。

这次经历，陈俊贵腿部冻残，战友脚趾全部冻掉……

多年来，我始终在想，在众多的草原中，我为什么对伊犁草原情有独钟？现在我终于明白了：是因为乔尔玛，是因为乔尔玛脚下的那片陵园。

我抚摸着那些再没有生命力的墓碑，感受着再也搏动不起来的心跳……那宁静的氛围里十分肃穆，我知道，那些闭合的眼睛永远不会睁开，在阵阵林涛中，我依然听到了生命的喧响。

这个声音，以其卓尔不群、逶迤千里的荡气和从容，在草原上经久不绝，展示出顽强的个性和超然绝美的气度。

我也知道，能让草原泥土的气息和花草的芳香溢满天外，这些埋在这里的人，功不可没。只是，在风雨的迷离中，他们正与这个世界，渐行渐远。

此情此景，我有些哀伤。它凝视着我，我也凝视着它。

我们不该去触碰这些灵魂吧！他们就是大山的守卫者，他们就是神灵，他们就是草原！他们应该好好安息……当暴风雪来临的时刻，有谁敢说，他们的眼睛不是睁着的！

记得第一次去草原，是在川西。川西高寒草原是中国最美的六大草原之一。走在那条古朴深幽的走廊上，我感到了一丝凝重。

川西自古以来就是汉族、藏族、彝族等民族交流通商之地，它的代表作就是著名的茶马古道。

茶马古道源于古代西南边疆的茶马互市，兴于汉唐，盛于明清，第二次世界大战中后期最为兴盛。据说，这是一条世界上自然风光相当壮观、文化十分神秘的线路。很多年前，一些商人为了生计铤而走险，牵着马匹驮着茶叶，从成都出发，经邛崃、雅安、荥经，翻大相岭至汉源县，渡大渡河到达磨西和塔公、新都桥一带，然后，从川藏南路或北路去往西藏、青海或者尼泊尔、印度，直到抵达西亚、西非红海海岸。

这里也是世人寻找的香格里拉核心区，这里的主体民族，除了汉族，大部分都是康巴藏族。康巴方言区的人自称康巴，意思是说，与说汉语的人大致相同。

香格里拉，是迪庆藏语，意为"心中的日月"。位于云南省西北部，是滇、川及西藏三省区交汇处，也是"三江并流"风景区腹地。

1933年，美国作家詹姆斯·希尔顿因为援华抗日，误入香格里拉。后来，他回到了美国，写了一本名曰《消失的地平线》的长篇小说，称香格里拉为"一个远在东方崇山峻岭之中的永恒和平宁静之地"。从此，香格里拉蜚声海内外。

走进雅安的康定，香格里拉就不再遥远。

在川西草原，我目睹了大渡河、雅砻江和金沙江，在风的作用下，带着雪山草地的气息，走向了山外。

而横卧在焉支山和祁连山盆地之间的祁连山草原，则是另外一种情景。在祁连山4000米以上被称为雪线的地方，冰天雪地，万物绝迹；而其下方的祁连山草原，每至7、8月间，却碧波万顷，马、牛、羊群点缀其中，银白色的哈日嘎纳花次第开放，阵阵微风吹来，微波荡漾。而草原上著名的大马营草原，地形平坦，水草丰美，蜚声中外的远东第一大牧场——山丹军马场就建在这里。祁连山草原上的风，看起来好像有些粗犷，甚至残酷，但温情起来，却像一个浪漫的少女。

祁连山下的夏日塔拉，四季分明，风调雨顺，是一片水草丰美的草原，这里曾是匈奴、回鹘和蒙古人驻牧的牧场。清人梁份在《秦边纪略》著述中称："其草之茂为塞外绝无，内地仅有。"这里有近16万公顷的原始森林，山林之中，长满了云杉、圆柏、杨树等林木以及鞭麻、黑刺、山柳等灌木，远远望去，就是一片一望无际的绿色海洋。这里无人狩猎，更没有围栏，任其树木、青草自由生长。

在祁连山草原上骑马独行，眼前，是一碧如洗的绿色，大片金黄色的油菜花一览无余；这里，除了有纯净的绿、一望无垠的蓝和光鲜亮丽的黄，剩下的，就是无边的神秘，和荡漾的长风轻轻拂过脸上的感觉……

去那曲那年，青藏铁路的建设正在如火如荼地进行。

雄卧在唐古拉、念青唐古拉和冈底斯山脉怀抱之中的羌塘草原，以辽阔、高寒著称，总面积达40多万平方公里。这里和神秘的藏北无人区，栖息着野牦牛、藏羚、野驴等国家一级保护动物。因为寒冷、缺氧，人烟稀少，生态环境十分脆弱。

为了在青藏高原打造出一条绿色长廊，青藏铁路建设者斥资两亿多人民币，用于施工占地草原植被的保护与恢复工程。我在沿线中看到，铁路路基边坡上，移植的上千万平方米的草皮与原始草皮连成一片：他们先将路基底下的草皮切成块，然后用铲车将一块块草皮连同土壤一起搬到草皮移植区，然后，对移植草皮进行养护。当路基成型后，再把草皮移植恢复到原来的路基边坡上。

为保护"神湖"错那湖，建设者们在湖边移植了5万多平方米的草皮，使原来一片荒凉的沙土地恢复了植被。

走近湖边，可以清晰地看到：一条长20多公里、装满沙石的白色编织袋堆砌的矮墙，沿着错那湖边蜿蜒而过，将青藏铁路与宁静的湖水恰到好处地分隔开来，同时又相向而行……

清澈碧绿的湖面上，野鸭和水鸟在自由嬉戏；绿草如茵的湖边草地上，牦牛和羊群在悠闲自得地吃着青草，俨如一幅和谐宁静的大自然画卷。此情此景，安多县藏族牧民才阿坦言："原以为他们种草是为了养牛，没想到是为了使我们的'神湖'更加美丽……"

总面积约93000平方公里的呼伦贝尔草原，是世界三大草原之一，据说是世界上最优质的草原，这里有珍贵的森林资源——独特的草原化樟子松林，同时，草质肥美，是传统的牧区。

向远处眺望，绿波千里，一望无垠，微风过处，羊群如流云飞絮，点缀其间，草原风光绮丽壮美，令人心旷神怡。

呼伦贝尔草原是内蒙古草原风光最为绚烂的地方，拥有一亿多亩草场，两亿多亩森林，500多个湖泊，3000多条河流。

在2000多年的时间里，呼伦贝尔草原以其富饶的自然资源孕育了中国北方诸多游牧民族，因此被誉为"中国北方游牧民族成长的摇篮"。

清晨，白色毡房飘着炊烟，苍鹰在天穹中寻望，成群的牛羊唤醒了草原，褐色的骏马在草原上随意走动。微风中，阳光下，青草和花儿散发出沁人心脾的芳香；波光粼粼的小河，在阳光的照耀下，泛着金光；河边觅食的鸟儿，环绕着河床不停地鸣叫，似乎在召唤着夜归的同伴……一切都显得那样惬意而又温馨！

在这里，草原的夜色，可以这样宁静安详地把我带入梦乡。

很多年来，对我来说，这，就是草原的印象！

二

清晨，可能是巩乃斯小镇最寂静的时刻。野蘑菇的香味在街道上蔓延，凉凉的清风拂过脸颊，我的心，立刻醉了。

几缕炊烟在山峦和草地间缓缓飘荡，继而拉成了一道细长的蔓幕，向着天边飘去。

这是一个让心十分惬意的早晨，路上鲜有行人。白天东来西往的车辆，此时已经横七竖八地停在路旁或旅馆的草坪上，懒懒散散地伸着腰，打着盹。

一些早起的采菇工背着背篓，拿着手杖，进山去了。他的身后，是一张惆怅女人的脸。

看得出来，这个不大的小镇，蘑菇采摘和销售，也许是生活在这里的人们最重要的林下产业。因为在临街处，除了饭店，可以看到很多醒目的蘑菇店和兜售蘑菇的人。他们的脸上，平和而淡定，没有想告诉你住在这里的理由和小镇上被风吹过来又吹过去的风流韵事。一切都像门前的那条河，挥挥手，静静地走了。甚至，连一句激荡的声音也没有留下。

最后被留下的，恰恰是伴着小镇日升日落的松林和山色。

这里的流水，在激荡中，带着静的味道。庄严，肃穆，豪迈，大气。如果你不信，可以去水里看看。那些河流里的巨石，不是躺着的，而是雄奇地直立着，傲视着苍穹。它们虽然从高处而来，穿过山峰、沟谷和险滩，但凌厉，并没有抹去它们的棱角，身体与身体的碰撞和撕咬，也并没有让他们孤傲于天外。走进巩乃斯，它们似乎找到了梦寐以求的栖息地，竟然就这么悄无声息地停了下来，一停就是几十年，一停就是几百年、上千年，它们的忠贞，凝成了河谷永恒的石雕。

由着沟谷的性子，草原随意彰显着自己的魅力，像是要闪瞎行人的眼。游牧于半山腰上的草原骏马，在一道陡直的不规则的半崖上，低垂着脖颈，披散着垂地的长鬃，遥遥站定。

那种神韵，那种气质，那种筋骨，那种精神，顷刻之间，让我找到了奔腾的诗韵，流泻的舞蹈。那油画般的草原，那兀立于荒原的高贵，那暗哑的长歌，那苍凉的嘶鸣……仿佛一队狂奔的马群向我追逐而来，使我在刹那间，将生命的辉煌点燃。

那是多么壮美的一幅图啊！雄浑得让人惊心动魄；在天地间敲出的

鼓点，足以将大地撼动！

没过多久，漆黑的一片云，自天边飘来，天低云暗，四野里瞬间变得苍茫，很快，一阵雨追了过来，劈头盖脸地撕开雨帘，将一盆一盆的水从天上倒了下来，像要把天地撕裂一样。顷刻间，淤积在大地上的水，开始向四周蔓延。所有过往的车辆和行人，顿时仓皇散去，把那几匹马留在了雨幕中。我看见那匹浑身上下炭红一般的马，突然扬起四蹄，在空中画了几个弧，引颈长啸，那傲视长空的吼声，忽然把雨幕扯开了一个口子。雨，渐渐小了，继而停了下来。

那天大雨过后，山坡上的各种花儿，一下子全部都绽开了笑脸。那白的如雪，粉的像霞，红的似火，黄的胜金的花朵，就在那适当的时刻全开了。那种风韵，像牧羊姑娘动听的歌声在草原上回荡。

这时，人群中有人窃窃私语："这马，灵性啊！神马吧？"

"什么神马？这是阵雨，它即使不叫那一嗓子，雨该停的时候它还得停！不信你看，天那边，开始放晴了！"

大伙举目望去，果然，西边的天空，已经挂出了晚霞。

人群中哑然无语。

我沿着水流的方向望去，山的脊梁处，草的头颅开始缓缓地伸展起来，湿漉漉的草原上，在晚霞的映衬下，透出一种很耀眼的光斑，如同在大地上上了一层淡淡的油彩；而背阴的山坡，却流成了一条条散乱的小溪。

人，可能是这片草原上唯一的饕餮者。

沿着山谷谷地一线撒开，一座座毡房如同一片片牧群，撑着巨大的华盖，散落在林间深处，恰是一个十里洋场的缩影。南来北往的旅人，不是谁都可以在一些高端的别墅区里驻足、浏览，抑或休息、游玩的。

因为，这些被高墙隔离出的地方，已经沦落成为权钱交易的场所，它们好像与普通人无关。一间间装饰十分考究的住所周围，因其鲜有人往，杂草丛生，门前冷落。倒是一些无人修剪的蒿草，溢满了一地的枝叶，在地上长成了睡莲的模样。远远望去，像是黛玉葬花，满园的凄凉。那低首与无语处，道不尽的人间沧桑。

它们像是在诘问：是谁，把我移植到了这里？又是谁，让我本来葱郁的生命，在这里饱受蹂躏？我本来可以无拘无束地高昂着头颅，在自然和清新的世界里感受活着的美好；我本来可以与其他一些不知名的小草一起，过着一样有着阳光和空气的生活。但是现在，只能与水泥、钢筋、砖块这些冷血的东西站在一起，一起站成了死一般的寂静。在它们眼里，外面的世界很精彩，这里的世界真无奈！

这片很纯净的土地，很小的时候，我来过。

那时，为了修建0503线——那条伊犁唯一通往南疆的公路，父亲把我们一家人带到了这里。因为眼前这片草原，让我懂得了对自然的敬畏，对生命的热爱；让我明白了心灵得以净化并归于平静之后，该是多么重要！草原人的质朴、醇厚、诚实，让我走了很远，还把我们之间交谈的情景以及他们踏歌而行的背影，深深地留在了心里。

我记得，那时，人们外出时，只是随手关门，无须上锁；远方有客人来，牧羊犬就会远远地吠叫，呼唤着主人端上奶茶谦卑热情地恭迎。那个时候，牧民们和你交谈，眼睛里流露出来的，是像玻璃一样的眼神，亮亮的，一闪一闪的，很动人；孩子们在草原上追逐、嬉戏、打闹，门外树桩上拴着马，毡房里飘出酥油和奶茶的香味，惬意极了。

让我始料未及的是，现在，巩乃斯草原，这片新疆人的草原，会变成这个样子！

我很怀念昔日那片蔚蓝的天，雪白的云，翱翔的鸟，绵延的山 ……

我真的不忍心再去踏踩脚下的那些青草，生怕这么一脚下去，会踩疼它，包括我那颗潮湿的心。

如果我老了，想去找一个栖身之处，我想应该是草原。那里的宁静，可以让我漂泊的灵魂驻足。

阳光流泻的土地

巴尔楚克，一道阳光漫过的土墙

走进巴楚，正午的太阳漫上千年土墙，在雄踞于南天山余脉上的唐王城下，留下了斑驳的投影。直通县城的公路两旁，条田、绿树、棉花、果林依次迭出，街道、楼群、大街、电视塔，在一种缓慢的沉静中，述说着这片土地曾经的古朴和沧桑、厚重与辉煌。如同丝路古道上一扇开启的门，于时空的深处，让阳光流泻于土地。

踏进这道门，那些斜躺在山脊上、被无数人踩于脚下的历史尘埃，那些掩映在古树或青杨之间的土屋，那些陡然而立的木柱石阶，那些刻着时光烙印的胡杨林、烽火台和汉唐的马蹄印，恰似一种如鼓如潮的乐章在遥远的边地回荡。这充满着诱惑的神奇和悠远，立刻把我带入一片恢宏而神秘的境界之中，这雄浑而苍凉的声音，骤然之间让我聆听到了灵魂的呼吸。

巴楚的大地是平的。一道道干涸的河床，随便散乱地撒在戈壁和荒原之中，甚至不会告诉你任何存在的理由。巴楚的河，在四季的交替中，有时，更像一首澎湃的诗。

巴楚，是巴尔楚克的简称。位于天山南麓，坐落在塔里木盆地和塔克拉玛干沙漠西北边缘，总面积2.17万平方公里，总人口40余万，系南疆交通枢纽和喀什地区东大门，古丝绸之路的重要驿站。

据《西域同文志》载释："巴尔楚克，全有也。地饶水草，故名。"维吾尔语称作玛热勒巴什，意为鹿首。

汉朝时，这里曾是西域尉头城邦；清乾隆二十六年，设军台，称巴尔楚克台，为叶尔羌至阿克苏十六军台之一，是阿克苏与叶尔羌、喀什间的军事、交通重镇。清光绪三年冬，清军将领刘锦棠率部平定阿古柏之乱，驻军巴尔楚克，1913年设县。

巴楚县辖巴楚镇、阿瓦提镇、色力布亚镇、三岔口镇、英吾斯塘乡、琼库尔恰克乡、阿克莎克玛热勒乡、夏马勒乡、多来提巴格乡、阿拉格尔乡、阿纳库勒乡、恰尔巴格乡等4镇8乡。

贯穿县境的国道314线、省道215线和南疆铁路，使巴楚不但变成了全国人流、物流由喀什进入中亚的重要通道，成为喀什、克孜勒苏柯尔克孜自治州、和田地区及西藏阿里地区的交通枢纽和新疆南疆重要的客货集散地之一，而且当仁不让地发展为喀什地区东北部经济圈的核心。

无论是在唐王城，还是在拥有五千年树龄的马蹄山；无论是在夏河的天然胡杨林区，还是在红海AAAA级国家生态旅游景区，在那些逐渐复原的历史遗像面前，看到了一条条通往世界的蜿蜒的路，看到了一座座密布狼烟的烽燧，看到了角斗士的战场，看到了商贸充盈的尉头城邦，看到了在那些宽窄不一的小巷里，虚掩着的一扇扇门，和被岁月剥蚀的通往远方的古道……大唐战马，金戈武士，驻足唐王城，去往烽火台，谁见过狼烟飞过，铁马似的雪水河……

站在巴楚这片阳光流泻的土地上，我仿佛看到了自己正行进在广袤无垠的荒原上，在离醇厚最近的地方，离博大最近的胡杨林区，把风中萧瑟的孤寂，幻化成了旷野中无限延伸的风景。

沙丘、沙梁、绿树、田野，在一望无垠的平原上站成了一种竞技的姿态。河流像一道道伤口，在挤满胡杨的林间，纵横交错。其间，盘根错节地镶嵌着大地、村庄、车辙。这里的天空，释放着一种真正的远，苍穹下，古道边，应有尽有的，是寥廓，亘古，宁静。

虽然已是深秋，但有水的地方，却是一片葱茏。叶尔羌河畔，布满的绿色，让人体味到的，是春天的色彩。天很晴，亦很辽远。那应该是一种浅浅的温暖。由河流冲散的河床上，时不时还能看到闲适的白鹭和随意飞落的鸟儿，在水的低处形成的湖面上，快乐地舞蹈。

被浓郁的绿涂抹着河流，不是随处可见的。风吹过的地方，多半簇拥着沙丘和盐碱滩。但这似乎并没有影响绿洲的成长，这一切，和大地上的所有植被一样，谁也挡不住。田间的红枣，硕棚满树，好像挂起的一盏盏红灯笼，为人照路；核桃熟了，青青的果子鲜亮养眼；满架的葡萄，冰清玉洁；还有，堆满田间地头的巴楚留香瓜，盛情招徕着过往的行人。

秋分时节，早晚已经有些凉意，但走进这里的任何一个村庄，却发现，果子仍挂在枝头，棉苞仍在次第开放。无论是临河而立，还是傍着林区，那种不温不火，那种谦卑和蔼，不由地让人产生些许敬意，尽管头顶上的天空蒙着些淡淡的银灰，但在微风刮起的细小粉尘中，辽阔却是肯定的。牧群在蓝天下悠闲地吃着草，见太阳光直直地射过来，便淌过草地，躲进了一处处阴凉之中。于是，干裸着河床红柳窝，湿地里的建筑塔下，于静寂无声的原野上，便挤满了洁白丰满的羊群部落。无数的光线透过遮挡物，反射到它们身上，使周围顿时变得像些图画了。

巴尔楚克在这一刻，便有了些古色古香的味道。

唐王城，西望长安的历史车辙

许多年来，我印象中的巴楚，是一个典型的边陲之地。路很远，远到了和昆仑山站在了一起。雪花在慕士塔格峰前打着旋，空气中尽是长风流贯、冷若冰霜的感觉。冬天，四野一片凋敝，雪片落下即化，温和却寒冷。

走进巴楚，我才明白，以前头脑中的那些臆想和揣测，在现实面前，被击得粉碎。早些时候，这里就是人类的家园。

建于公元前206年的唐王城，是唐代尉头州城遗址，当地少数民族称之为"托库孜萨热依"古城，距今约有两千两百年历史。

古城坐落在巴楚县城东北60多公里处的代热瓦孜塔格山南端山口的北山东侧，南北各有一道城门。城墙用泥土、石头筑成，分内城、外城和大外城。大外城的城墙，现在已经风化成为一道土梁，城东北延伸至约两公里处的唐王村。

唐王城是新疆境内古丝绸之路中道上一个重要的古城遗址，具有极高的考古价值，目前已被列为自治区重点文物保护单位。

维吾尔语称唐王城为"托库孜赛来"，就是九座驿站或九座烽燧之意。站在山巅瞭望，现在可以看出城的端倪，只有三座了，每座的间距都有数十公里。其中两座夹山而峙，正好是发源于昆仑山的叶尔羌河的故河道——南疆人民母亲河塔里木河的上游。后来，由于历史的原因，本该注入塔里木河的叶尔羌河在此断流。

唐王城在历史上，很有些名气。唐玄奘去西天取经时，曾路过此城。据史料记载，公元前二世纪，唐王城位于尉头境内，又是古龟兹与古疏勒的分界线，是一座依山傍水的军事要塞。生活在这里的人们信奉小乘佛教，僧人甚多，佛事不绝。到了唐朝，屯垦兴起，佛教达到鼎盛时期。

大约在公元十世纪，有关唐王城的记载突然在史书上消失。有人说，缘于河流的改道，亦有人云，是森林的逐日枯萎所致，众说纷纭。

后来，法国人伯希和挖掘了托库孜萨拉依古佛寺，把大批的佛教艺术品运去了巴黎。

至今，它的毁灭仍是一个未揭开的谜。

1845年3月，民族英雄林则徐"荒碛长驱回鹘马，惊沙乱拍曼胡缨"，沿叶尔羌河故道，循着图木舒克山去勘踏南疆八城，在图木舒克"遇大风，歇三日"。此时唐王城的繁荣辉煌早已灰飞烟灭，留给林则徐的只有"风力之狂，毡庐欲拔，殊难成寝""枯苇犹高于人，沿途皆野兽出没之所""飞蚊、跳蚤纷扰异常"。但他还是向朝廷进言："若晒渠导流，大员屯政，实耕种之民，为边缴藩卫，则防守之兵可减，度之省而边防益固。"他衷心希望"但期绣垄成千顷"，但事业未竟，身已先陨。

唐王城全部由石头、黏土、稻草和胡杨树干胶结建成，被关隘、城墙和哨卡重重围定，同时，因其佛事日多香火盛隆，而得以繁荣，亦是丝绸之路的商业和贸易中心。

我认为，唐王城与众多的遗址不同，它是一座令人难以置信的古城。城中的大多数建筑，均是公元十世纪以前建造的"绝品"。

在这座古城外，建有一圈泥土和着碎草、枝干砌成的墙，在最高的墙外，还有无数处悬崖绝壁，绝壁处，建有佛窟，游人可通过狭窄的自然形成的阶梯到达那里。从墙上往下眺望，可以看到一片很宏伟的大佛寺院矗立在山崖的脚下，像古城边上一座"具体而微"的更小的城。

古时候，唐王城是丝绸之路的一段，也是沙漠里难得的一片绿洲，常有驼队和商旅经过。

可以说，唐王城相当完整地保留了一座中世纪丝路绿洲城市的规模和形态：城墙、道路、宫殿、兵营、要塞……但唯一缺少的就是居民。

唐王城是一座完全没有色彩的城市——当然是除了一种颜色：土黄，因为整座城市的材料都是黏土和石头。唐王城的城墙有两圈，把全城分割为外城和内城，与许多要塞都市一样，外城是平民生活区和商业区，贵族的宫殿和兵营则在内城。与外城相比，内城从城墙到建筑都要完好得多。登上城郭放眼望去，古城南面是一片郁郁葱葱的绿洲——这也是唐王城视野之内唯一的绿色。

而离唐王城不远的马蹄山，则位于巴楚县城以东50公里处。出巴楚县城驱车东去，经过图木舒克市不久，柏油路在一东西走向的山体东缘向北弯去，走近山端，便见到几株突兀在山前的巨大胡杨。下车绕到山背面，即可见到清晰的"马蹄印"了。

只见在矮山边缘，陷着两个相邻巨型的筒状坑坳，直径各约一个房间大小，内壁齐刷刷地直上直下，确实像一对巨大的马蹄，活灵活现。沿马蹄山一字排开，八九棵巨大的胡杨生机盎然。在远近偌大的范围内，再不见有它们同类生长，唯有这几棵突兀地矗立着，将马蹄山护了起来。尽管不见有水渠河流滋润，却个个生得枝繁叶茂。最粗的那棵得两三个大人才能合抱过来，树龄在千年左右。

据同行介绍，马蹄山所在地的海相沉积灰岩当在数亿年前的古生代海侵时期形成，比起千年古胡杨要早得多。而且，看情形，这里的胡杨曾经绝非寥寥几棵，而是成林成片，郁郁葱葱，只是后人大量砍伐，而最靠近"圣迹"的这几棵胡杨沾了神话的光，被当成"圣物"保留了下来。

据传，该蹄印系唐玄奘西天取经路过时，被其坐骑白马踩踏而成，是为唐僧圣迹。

显然，此种说法不足为信，不过是人们为渲染心中的圣人，凭借奇异景物编造杜撰而来。两个神奇的蹄印究竟如何产生，却鲜有下文。

金胡杨，遗世而立的大漠奇观

巍巍天山，茫茫昆仑，在岁月风霜的剥蚀中，被风化成了永恒的风景。

在巴楚的夏河，一簇簇胡杨在万顷瀚海中静静地守望。它们那种与死亡的抗争，对生命的礼赞，在精神的远行中，向着横亘逶迤的南天山山脉吹奏着一曲曲不朽的歌。

几千年来，绿色的胡杨林在辽阔的西域古道上，不断演绎着生命的变迁和悲壮。

胡杨是一种高大的落叶乔木，树高一般在15米以上，最高30多米，胸径可达两米，足可数人合抱，是新疆古老的珍奇树种之一。在我国古籍中，又称胡桐或梧桐，维吾尔族称托克拉克，意为最美丽的树。由于它具有惊人的抗干旱、御风沙、耐盐碱的能力，能生存繁衍于沙漠之中，因而被人们赞誉为"沙漠英雄树"。胡杨的寿命长于云杉，有"生而不死一千年，死而不倒一千年，倒而不朽一千年"之说！

胡杨之奇在于起源古老，它的祖先远在13900万年前白垩纪就出现了。2500万年前，它的祖先就到达了天山山间盆地。1200万年前已遍及中亚、新疆和我国西北。

胡杨之奇，还在于叶形随发育阶段而变化，故而又有异叶杨之称。它的苗期叶细长如线；五至十五龄，叶形变宽如柳；十五龄以后，叶形似扇，两面同色，颇像银杏。它蔚然翠绿，迎风摇曳，给茫茫沙漠增添了无限生机。胡杨的一生，始终都在顽强地同风沙做斗争。它们甘居荒漠，以粗壮的躯干群体阻挡着流沙，抵御着寒风，捍卫着绿洲，维护了干旱地区的生态平衡。

胡杨，是生活在沙漠中唯一的乔木树种，而且它自始至终见证了中国西北干旱区走向荒漠化的过程。而今，虽然它已退缩至沙漠河岸地带，但仍然被称为"死亡之海"的沙漠之魂。

胡杨曾经广泛分布于中国西部的温带和暖温带地区。新疆库车千佛洞、甘肃敦煌铁匠沟、山西平隆等地，都曾发现胡杨化石，证明它是第三纪残遗植物，距今已有6500万年以上的历史。如今，除柴达木盆地、河西走廊、内蒙古阿拉善一些流入沙漠的河流两岸还可见到少量的胡杨外，全国胡杨林面积的90%以上都蜷缩于新疆，而其中的90%又集中在新疆巴楚。

胡杨虽然生长在极旱荒漠区，但骨子里却充满了对水的渴望。尽管为适应干旱环境，它做了许多改变，例如叶革质化、枝上长毛，甚至幼树叶如柳叶，以减少水分的蒸发。然而，作为一棵大树，还需要相应水分维持生存。因此，在生态型上，它还是中生植物，即介于水生和旱生的中间类型。那么，它需要的水从哪里来呢？原来，它是一类跟着水走的植物，沙漠河流流向哪里，它就跟随到哪里。而沙漠河流的变迁又相当频繁，于是，胡杨在沙漠中处处留下了曾驻足的痕迹。靠着根系的保障，只要地下水位不低于4米，它依然能生活得自由自在；在地下水位跌到6—9米后，它的生命才会受到威胁。

巴楚，是地球上胡杨分布最多的一片区域，曾经十分辉煌。西汉时期，这里的胡杨覆盖率至少在40%，它维系着人们的吃、住、行。在清代，仍"胡桐遍野，而成森林。"但从20世纪的50年代中期至70年代中期的短短20年间，巴楚的胡杨林面积锐减了近三分之一；在塔里木河下游，胡杨林更是锐减70%。在幸存下来的树林中，衰退林占了相当部分……胡杨及其林下植物的消亡，致使塔里木河中下游，成为新疆沙尘暴两大形成区之一。

还是在很小的时候，父母就带着我离开了伊犁河谷，走进了南疆这片长满胡杨的土地，让我有幸目睹了沙漠日出的大气磅礴，有幸去拥抱那一株株美丽的胡杨树，有幸去体味了营造生命奇迹的地方带给人的震撼。

胡杨是我生命中最喜欢的植物。之所以喜欢，是因为它不但壮美俊逸，而且完全具备了西北男儿特有的坚强、刚毅与勇敢的品质。

巴楚原始胡杨林位于巴楚县城西南32.5公里处，面积达306万亩。散布于叶尔羌河中下游，河曲、河汊蜿蜒其间。这里不但是目前世界上最大的胡杨林分布区，也是灰杨分布最集中的地区。林区出没野猪、野兔、黄羊、野鸡、狐等野生动物。林区枝繁叶茂，春夏两季郁郁葱葱，深秋季节一片金黄。连片的胡杨景色迷人，黄灿灿的枝叶在沙漠间、水岸旁随风舞动，蔚为壮观。渔民泛舟于河上，水禽游弋在湖中，那精致，充满了诗情画意。

巴楚夏河林场的每一道沙丘和沙脊上，几乎都长满了胡杨，满目的碧透令人心旷神怡。远远望去，如同万顷瀚海中，簇拥着一片片云，一片片绿色的云。它翁郁得令人惊心！那种翡翠般的翁郁，带着倔强的微笑，坦然地面对着一切。

这里是典型的北方之地，遍布的季节河，没有固定的河床和河堤，在平原荒漠中，随意交织成了一片网。极少有桥，偶尔遇到一座桥，却仿佛已经被人遗忘。人的足迹、牲畜的蹄印，清晰而散乱地写在这一片起伏的黄土上，如同一本简单的书简。

风在这片土地上自由地穿梭、逗留，每一座城市或乡村，都好像用黄土烧成的馕坑，留着大大的门洞，里面时不时就飘飞出了色泽焦黄、食用时蘸上特制调料或盐，香嫩可口的新疆独有美食——诱人的馕坑烤肉味。

巴楚的胡杨林区，散发的，就是这种味道。

在巴楚，黑山玛瑙是其另外一种特色。

黑山沙漠距夏河林场15公里，位于塔克拉玛干沙漠边缘，因山石为黑色而得名。山上的玛瑙石在阳光的照射下五彩缤纷，闪闪发光，当地人称之为沙漠玛瑙。

黑山玛瑙种类丰富，如筋脉玛瑙、鱼子玛瑙、瓷皮玛瑙、龟背玛瑙……形态各异、色彩斑斓，与其他地产玛瑙相比，大多黑山玛瑙颜色程度饱和，颜色浓厚艳丽，其多样性远远超乎人们的想象。

黑山玛瑙的特点是不成形，但形状各异，纹理独特，所以喜欢琢磨和收藏者尤为喜欢。同时，由于它温润的油质感，天然的包浆，让人爱不释手。

每一颗被珍藏的黑山玛瑙，都有着它自己动人美丽的过往，当人们在某年、某地遇到它们时，拥有它们的人，都会去述说一段与众不同的故事。因为，每一粒玛瑙都经过了亿年的沧桑锤炼和风雨洗礼，吸日月光华，经风沙磨砺，堪称大地的舍利子。从收藏的角度来说，以价取其奇并非本义，所谓"藏者，奇也。"

在生命的晨曦和晚霞之间，巴楚人正在用行走，不断地重复着虔诚的愿望。让人们知道，这个世界上有搅不散抹不掉撇不下的信念，有为这信念而付出漫漫人生的坚韧。由此，他们丝毫不会怀疑脚下这片热土的赤城，他们一直想在这片土地上做些什么。但到底能做些什么呢？

红海景区，一双伸出待握的手

显然，就其人文地理而论，巴楚还是一片净土，这片净土上充满着神秘，荡漾着壮美——深厚的文化底蕴，独特的山水风光，旖旎的自然景观，丰腴的未开发的土地……所有的一切，都裹着传奇的色彩，吸引着全世界的目光。

曾经有人这样预言："一张白纸，没有负担，好写最新最美的文字，好画最新最美的图画。"

那最新最美的文字和图画，该去怎样画呢？

于是，一个严峻的现实摆在了巴楚人面前：人们再不能无忧无虑地生活，而必须在实践中痛苦地摸索、选择。心理上的犹豫、徘徊，乃至孤独、寂寞、痛苦由此而生。

多少年来，这里的人们寻求日升而耕，日暮而息，世世代代做着美妙的"桃源梦"。

然而，选择了这种方式，实际上意味着在物质上、精神上都选择贫困，同时也就窒息了人们的创造活力。

原有的生活格局一旦被打破，就要注入新的活力。巴楚红海景区由此而生！

红海景区，位于喀什河与叶尔羌河流域的巴楚县阿纳库勒乡，距离县城12公里，坐落在喀什河丝路古道上。

这是一幅完全被复原的尉头古城图画：

丝路古道从喀什河与叶尔羌河的冲积扇上缓缓延伸：东接长安，西牵喀什、中亚和古罗马，南望于阗、印度和南亚……一条漫长的丝绸之路，一个世界文明交流的三岔口展现在人们眼前；张骞凿空的回声，玄奘西行的脚印，朝觐使者候旨的"谒馆"，还有络绎不绝的商队，东来西往的过客，在这里驻足。

沿着丝路古道，我们又仿佛回到历史的从前：汉朝战马，大唐武士，牛羊集市，龙门客栈，古道院落，烽燧亭驿……

循着历史的长河，我们走进了胡杨岛。

"胡杨岛"景观区的核心面积达4000亩，是巴楚306万亩"胡杨林国家森林公园"的冰山一角。景观区河流环绕，湖泊成片，一派江南水乡的景象。景区内有耕作的农民，游牧的牧人，还有飘溢着羊肉香气的饭馆……这里建有"胡杨博物馆""丝路第一馕坑""谒者馆""中央部落"和"篝火广场"。景区内，天高云淡，微风习习。一望无际的胡杨，一直蔓延到天边，叶尔羌河环绕着成片的胡杨徐徐流过，河上鹳、鹤亭亭玉立，斑头鸭在河里上下翻舞，一切都在时光的隧道中慢慢行走着。

"红海湾水上乐园"是红海的第三大景区，红海湾库容量7200万立方米，水域面积达34平方公里，坝长24公里，是1940年抗战时期，共产党员李云扬在巴楚担任县长时，带领全县人民扩建的水库。红海湾，是叶尔羌河最早建成的平原引水注入式水库，是养育巴楚人的母亲湖。

"红海湾水上乐园"上，"海盗船"造型的商务宾馆，十分别致，穿梭的游艇，翱翔的鱼鹰，烟云缥缈的湖心岛，令人心旷神怡。

红海景区的第四部分是"喀什河湿地"。喀什河是塔里木河的支流，它发源于帕米尔与北天山支脉的阿里山。喀什河东面开口朝向塔克拉玛干大沙漠，南靠昆仑山北麓，西临帕米尔高原，北依天山西段的南坡，横穿喀什地区和克孜勒苏柯尔克孜自治州，全长900公里，流经巴楚，形成了一片一望无际的湿地，成为白鹤、黑鹳的美丽家园，是喀什地区自然生态的生命之"肺"……

2015年10月19日，在"中国·新疆·巴楚2015丝路之路文化旅游节"上，"烧烤王"莫明·吾甫尔，在红海景区的"丝路第一馕坑"，一次性烤制出了两峰骆驼和6只羊，烤制的两峰骆驼共重700公斤左右，6只羊重量达到130公斤左右。此前，他曾创造的吉尼斯纪录，是在一个馕坑里一次性烤出490公斤骆驼。此次在一个馕坑里一次性烤出两峰骆驼外加6只羊，是他第一次尝试。

2014年，巴楚丝路第一馕坑在巴楚红海景区建成，馕坑主体直径9.2米，高10.2米，周长28.88米，内部容积达113立方米，馕坑内采用P形烧结多孔砖，配以钢筋混凝土加固，内部用黏土，配以牛羊毛发、秸秆，按照维吾尔族的民间馕坑建筑结构，结合现代建筑工艺砌筑而成，可同时一次性烤两峰骆驼、两头牛和10只羊。

2013年以来，巴楚县携手上海援疆资金，对景区进行重新规划组合，通过丝路古道，将原有的红海湾水上乐园、金色胡杨岛和喀什河湿地有机串联，将其秀丽婉约、沧桑厚重展现在世人面前。2014年4月，成功创建为国家AAAA级旅游景区。

赏胡杨美景，品新疆美食，感受西域汉唐风情、体验古老的烽燧遗址……据悉，迄今为止，红海景区建设项目总投资已达约3.5亿元，其中上海援疆资金投入1.4亿元，目前，该景区国家5A级景区的申报工作已经启动……

一切都以一种缓慢的节奏，与时光融合在了一起，像是一条静静流动的河。

应该说，红海景区是整个巴楚的缩影。

白胡子老者，体态丰盈的老妪，热情好客的巴郎（男孩子），美丽娇媚的克孜（女孩子），以及曲径通幽的巷道，临街的土坯老屋，街角处的羊圈牛棚，琳琅满目的手工土陶作坊 …… 这些，就是人们眼中的巴楚。但绝不是巴楚的全部。

沙漠、沙丘、沙梁，在一望无垠的荒原戈壁上静静地守望。初秋的晚风，就这么瑟瑟地把满眼的神奇，紧紧地锁在了巴楚这片褐黄色的土地上。纵横交错的棉田和林间的喧响，在寂寞的大漠边缘，勾勒出一幅淡淡的图画。

多少年过去了，延续了多年的梦想，终于第一次在巴楚人心中升起了希望。

这里，所有的人每天都被一种希望牵着前行，虽然他们每一个人并不知道，前面的路还有多远。

文明的历史是人类不间断地改造自然的历史。让每一位怀揣着希望的人们，在享受优雅和从容的同时，也深深地领悟生命的沉淀。

希望，起始于一种文化，也有待于今后的百年名牌 …… 希望，离他们虽远，但却如一盏灯，始终亮着。

曾经沧海，成为巴楚人圆梦的地方！

故乡情结

　　故乡是一个没有海、风景中却满含海的辽阔的地方。成片的胡杨林每至夏季，绿影摇曳，风情妩媚，荡漾出圈圈充满生命的颜色一直向四周延伸，所染绿的一条孔雀河水伴着风弦的合鸣蜿蜒伸展，河堤两岸随风摇落的树种又遇水而生，继而将零星的胡杨林连成一片；秋天，金黄的树叶点缀着家乡这片尚没有退出原始的土地，那黄得灿烂，黄得剔透的林区飘逸着大自然丰腴之美，就像一位熟透的少女将青春的姿色平添于斑斓的人生画布上，流溢着动人的笑容。

　　总觉得有一个纯而又纯的梦幻失落在那片林间。

　　离开故乡很久了，听说，和我共同拥有林区古朴淳厚的乡土气息的那一届少年已迁徙得无影无踪，孔雀河畔那些早年因为饥饿而垦殖的田野已再度荒芜，林间空留下了野兽的蹄声和鸟的鸣啾，我感情的脊骨仿佛被人抽去了骨髓，我为永远失去童年梦幻的故乡而顿生悲悯。今年出差去南疆，当汽车的车辙进入塔里木这片已经被现代文明风化过的千里戈壁，展示在我眼前的，是路边显然已经被很好隔离开的胡杨林保护区。那硕大的叶片和裹满风尘的躯干在秋的季节里仍如从前的秀顾，那情景，又使我像与久思的恋人突然邂逅，感情之水就如泄闸的洪水，在汹涌狂奔之际又忽然停滞，脑海中空余岁月的苍白。

还是在饥荒年代的童年，我便从妈妈身上感悟出作为一个人的艰辛和苦难。在故乡，母亲是女性中不屈于命运的一面旗帜。人前人后，她始终以一个吃苦耐劳的妇女形象在人们心目中留下了永远的记忆。

孩提时代从我记事的那一天起，故乡就好像是一个边远的流放地深深地刻在了我的心里。在这里生活的伙伴们几乎都见不着父亲。父爱仅仅只是一个朦胧的概念。我们及自己的母亲都是作为时代的株连者从城市的各个角落"发配"至此，从而开展起一场轰轰烈烈的人向大自然索取生存空间的斗争。

成片的胡杨林间于是便在纵横交织的人工渠道旁划满了阡陌和耕田。人们每年春季把希望播进田野，秋天在收获的同时，心中却永远也收获不了人生对另一半的渴望和慰藉。

妈妈没有文化，但却不愿自己的子女步她的后尘。每天劳作归来，她只是稍做休息，便去胡杨林间刨挖甘草。有时不分昼夜，凌晨两点就乘着月色前往林间深处寻找。每当母亲背着大捆大捆的甘草从野外回到家中，看着她憔悴的面孔上不停有豆大的汗珠从额前滴落，看着她草草地吃完早饭又匆匆赶到耕田，继续不息劳作的身影，继而有机会看着母亲用难得的机会去县城为我们买回一大堆书籍，虽然这各类图书中有许多在我这个年龄层次的少年还难以读懂的内容，但从妈妈的角度讲，她多么希望自己的子女能有机会读书和去学校上学。我第一次哭了，我哭妈妈的不幸，亦哭自己无能。我怎么就不能帮助母亲做点什么呢？

第一次看到妈妈笑，是我第一次将"双百"成绩拿回去告诉妈妈的时候。

后来，妈妈逐步发现我有读书的嗜好，便把她听来和看到的东西不断讲给我，然后要求我写成故事再读给她听，这种做法一直持续到我离开故土。那时，家里的生活水平还相当低下，甚至在失去父爱的日子里，连最起码用于衣食住行的钱都难以保证，但妈妈还是坚持节衣缩食为我购买了大量的书籍充实我的日常生活。面对人们的不解和讥讽，妈妈只当充耳不闻。

当我作为故乡小学第一位优秀学生被送往单位中学时，妈妈拽着我的衣袖，像是在审视一片陌生的风景，久久地，久久地不愿松手，只见她布满皱纹的眼角溢出泪水。那一天，我突然发现，妈妈老了，属于妈妈责任田的土地却如我们这些少年一样长成了成熟的田野。妈妈是田野上一个饱经沧桑的岁月过渡人。十里长亭，妈妈把一份久渴的企盼留给了我。

离开故乡，也就意味着我从此之后去重新选择自己的风雨里程。当我从北部湾被大海潮湿的气息熏陶下的南宁大学毕业回到妈妈身边，妈妈在车站迎接我说的第一句话："孩子，你没有让妈妈失望，妈妈的梦已经让你变成了现实。"

可是，当我回过头来去回望我曾经走过的路，故乡已经变成了远方。在那远方的风景中，胡杨林依然根深叶茂，妈妈在胡杨林间躬耕的背影依然时隐时现。这难道是错觉？

妈妈的血汗已深深印进了故乡那一片热土，热土上正因为有了诸如母爱这样一种伟大的人格力量，胡杨林才长得如此茁壮和昌盛，从胡杨林间走出来的人们才具有顽强的进取之心和矢志拼搏的风骨。

不是吗？故乡是母亲放飞理想的一座成功的桥梁。

永远的阿勒泰

一

清冷，苍凉，平淡，宁静。

深冬的阿勒泰，翠峰相簇，雪原如练，如长空下一匹肃穆静立的马，于博大的原野上，在视觉的远望中遥遥站定。

站在一望无垠的漠漠大荒中，我感受到一双脚正沿着岁月流过的方向缓缓地向我走来。那到底是历史记忆的幻觉？还是呼啸的北风撕裂时光的声音？伸向远方的路，在冷冷的风中醒着。这片典型的塞北边陲之地，把漫长的冬季扯成了一种真正的远。

这里的高远、秀丽，从容，恬淡，仿佛一切都和山水、村落、木屋、阳光随意交织在了一起，流泻着生命独有的暖意和淡淡的温馨。

坐在车里放眼远眺，我的心里顿时有了一丝悸动，眼前的《雪色》，迅疾在我的脑海中骤然堆起："远望群山映苍茫，白雪一袭化裙装。将军帐前马蹄疾，驿道翻作云飞扬。冰河迹地晒风霜，流水清徐挽斜阳。不尽红尘滚滚去，唯见地老与天荒。"

风雪掩映的阿尔泰山脉"一山连四国"，跨越中国、蒙古、俄罗斯和哈萨克斯坦，绵延纵横1200多公里，晨曦与落照，季节与轮回，把悄无

声息的克兰河装扮成了一位母亲。

阿尔泰山东西长400余公里，南北宽40—70公里，天然林总面积220余万公顷，占新疆天然林总面积的47.3%。林区拥有的1000余种动植物资源，和珍稀的自然地理群落以及奇特的自然风光，不但是欧亚大陆腹地物种保存最完整的天然基因库，而且还是额尔齐斯河和乌伦古河的发源地。

发源于阿尔泰山南坡的额尔齐斯河，自东南向西北奔流出国，一路上将喀拉额尔齐斯河、克兰河、布尔津河、哈巴河、别列则克河等北岸支流相继汇入，流经哈萨克斯坦境内斋桑湖后，最后经俄罗斯的鄂毕河注入北冰洋，全长4248公里，其在中国境内长546公里，流域面积达5.7万平方公里，年径流量近120亿立方米，水量仅次于伊犁河居新疆第二位，是我国唯一一条注入北冰洋的河流。

额尔齐斯河沿岸，风光旖旎，景色迷人。漫山遍野成长着阿勒泰当地独有的西伯利亚落叶松、冷杉和白桦林，满目的翠色令人心旷神怡。有的树木高耸入云，挺拔修长；有的参差披拂，仪态万方。其间伴生的黄色、红色、绿色和半红半黄色的叶片，让人惊艳叫绝。这些树长在不同的角峰、悬崖、山顶和山体的阴坡上，显得孤傲、伟岸、凛然、高贵。远远望去，那山上仿佛簇拥着一片片翡翠般的云，那种翁郁带着雄性的不屈和倔强，把一切坦然写在了沧桑的面孔上。那种突兀的质感，苍淡的色彩，带着厚重的绿色，铺天盖地，大气磅礴，透着生命的淋漓尽致。

湛蓝的河水，层林尽染的山色，向人们诉说着岁月与远行、柔情与呵护、追忆与向往。

据说，阿勒泰曾经是一片寂寞之所。光裸着的花岗岩山冈凌乱地卧于千古荒凉的戈壁上，沟谷山川布满了畜群踏出的一条条牧归小道。长达半年的严冬，使一碧如洗的草原顷刻之间就变成了一望无垠的雪野……

隽永与秀美，刚硬与温柔，平淡与奇绝，单调与丰富，在这里编织成为一道记忆的网。

在行走的岁月里，阿勒泰人就如同一个游子在无边的空旷里漂泊了经年，站在大地的尽头诘问：永远有多远？未来是什么样子？大地无言，天空无语。落叶飘逝的苍白，雪花飘飞的迷离，让克兰河这位母亲的白发在一夜之间变得更白。

在岁月的流逝中，他们终于明白了：对于未来，归于平淡和纯朴，是多么至关重要。加上这些山水的点缀，枯燥之中必然会增添一些晶莹之彩、芳香之味和清冽之韵。这样，即使在黑夜，自己的心中也会亮起一盏不灭的灯。因为，森林撑开时，那一棵棵成长的树，那一树树铺开的绿荫，始终在庇护着一片宁静的情，一片悠远的爱，一个美丽的梦……

二

显然，阿勒泰就其人文地理而言，还是一片净土，这片净土上充满着神秘，荡漾着壮美——深厚的文化底蕴，独特的山水风光，壮美的自然景观，丰富的宝藏资源……所有的一切，都带有传奇的色彩，吸引着全世界的目光。

恰似一朵藏在深山人未识的奇葩，其间混居着汉、哈萨克、维吾尔、回、蒙古等26个民族的阿勒泰，虽然只是一个县级市，人口不足20万，面积也只有1.14万平方公里，但却是阿勒泰地区政治、经济和文化的

中心。

阿勒泰市四面环山，地形奇异。辖区大部分位于阿尔泰地槽褶皱系中段，仅西南一角跨入准噶尔地槽褶皱系的北缘。有额尔齐斯河、克兰河、苏木达依列河三大水系横贯其中，形成大小湖泊上百个。"阿勒泰"系哈萨克语，意为"六个月"。典型的温带大陆性寒冷区气候，致使这里的地貌大多为山地、森林，且自然降雪频繁，以雪期早、雪期长、雪质好而著称于世。得天独厚的冰雪资源，极大地丰富了当地以滑雪为主的文化娱乐活动。

阿勒泰被称为新疆的北极和人类滑雪的起源地，是中国降雪最早的地区。这里有全国最美、最好的冰雪资源，有最适于开展滑雪运动的气候和地形条件，是人们公认的开展滑雪运动的"天堂"……

据说，当地的蒙古族牧民用动物毛皮和木板自制毛雪板，在厚厚的积雪上自由滑行。

经考证，根据阿勒泰市汗德尕特乡敦德布拉克岩画上所表现出来的滑雪姿态和内容，专家由此推断，阿勒泰地区在一两万年前或更早的时候，即旧时器时代晚期，就已经开始出现人类的滑雪和狩猎活动……

2006年1月16日，"中国新疆阿勒泰地区是世界滑雪最早起源地"研讨会在阿勒泰市召开，形成了面向世界、面向全人类的《阿勒泰宣言》，正式确认中国新疆阿勒泰距今已有1万年的滑雪历史，为世界滑雪起源地！这个数字，使在此之前考证的挪威滑雪史四千五百年、俄罗斯滑雪史八千年相形见绌；同年12月15日，阿勒泰市在北京人民大会堂召开的新闻发布会上宣布："中国新疆阿勒泰是人类滑雪最早起源地"；2007年1月16日，阿勒泰市入选"人类滑雪最早起源地"吉尼斯世界纪录……

无疑，这在世界滑雪史上，树立起了一座具有重大意义的里程碑。

今天，当我们走进阿勒泰图瓦人屋顶的储藏室里，就能看到一对对被束之高阁的毛皮雪板。家住白哈巴村的索龙格老人告诉我们："在图瓦人居住的地方，夏季放牧时间十分短暂，每年只有三个月左右，而冬季却非常漫长，降雪又大，积雪常常超过1米厚，不仅车辆无法通行，甚至连马和骆驼也很难迈开步子。老祖宗们就用木材和马皮毛制作了雪板用于运输和出行……"

阿勒泰没有想象中的那么冷，没有风，雪野很洁净，一望无际的白，天蓝得像要钻到人的骨髓里去。

目前，已有和在建的五座滑雪场以及刷新吉尼斯世界纪录长达260米的冰滑梯，已经或即将落户阿勒泰市将军山滑雪场；国内数十家旅游网和旅行社推出中国十大最美雪乡，新疆阿勒泰荣登榜首……

我记得里尔克在《献给俄耳甫斯的十四行诗》中这样写道："诉诸静止的大地，我流过去；告诉激荡的流水，我在这里。"

阿勒泰从来没有像现在这样色彩斑斓。

原有的生活格局一旦被打破，就要注入新的活力。

从某种意义上说，历史的挖掘和重塑，实际上也是一场革命。

步入阿勒泰市，首先闯入视野的，是一种怡然自得的境界：清纯的山色在阳光下出奇的明媚，在空气中渲染着一种浓浓的情结。那些栽培有序的树木和花草，枝头虽然堆积着厚厚的雪被，却依然绽开着一片片嫩嫩的叶片，就那么静静地站在人们眼前，无拘无束，自自然然，带着一份草原人独有的大气与豪迈。道路边旁逸斜出的自然沟，挽着溪流沿着自然的走向蜿蜒流过，涓涓的水流纤纤的，亮亮的，如同一个不胜娇羞的少女。

可以说，在阿勒泰，读懂了源远流长、诗一般美丽的金山银水，也就读懂了中国文化。

这个选择的价值，不在于选择的本身，而在于这种选择所昭示的时代发展走向……就像阿勒泰市宣传部常务副部长、文联主席杨建英所说的那样："阿勒泰的历史和文化建设，本身就是一首时代的诗，飞扬的旋律。历史和人文，是这首诗里文化的音符。凝固的，是往事的记忆；飞动的，是有生命的文化积淀。一个地方的军事优势，可能可以存续十年，经济优势也可以称雄百年，但文化的渗透却可以延续千年万年。历史和文化以及人对自然界的认识，是人类生存和发展的生机和活力，是城市、农村以及各种有形建设的文化呼吸。我们不能想象，北京没有颐和园，上海没有豫园，苏州没有虎丘，杭州没有西湖园林，应该是什么样子……历史和人文，其实就是时代发展审美过程中的精神追求……"

"相同的是本质，不同的是形式。搞城市建设，要的是形象的思维，情思的飞动，感情的燃烧，艺术形式的寻找；而文化建设、历史挖掘和延伸则属于大文化的范畴，要的是立体的、大范围的，调动的是第一自然和第二自然……"

文学大师高尔基曾经说过："照天性来说，每个人都是艺术家。他无论在什么地方，总是希望把美带到他的生活中去。"假如说，能有一个地方恰到好处地把历史与人文充分地结合在一起，那么，我认为，这个地方就是阿勒泰。

我们每天都被一种希望牵着前行，虽然我们并不知道前面的路还有多远。

文明的历史是人类不间断地改造自然的历史。我们在法国见到那些经过花工精心剪理的园林，可以体验到法国文化的魅力；来到英国那些百年古堡，发现所有的草坪、树木，都经过仔细的修饰，透着人类的匠心，透着主人的尊贵。

而希望则是让活着的生命和美的魅力，延伸到世界的每一个角落，延伸到文化的每一种内涵之中，把对活着的理解演绎成文化的升华，让每一位怀揣着希望的人们，在享受优雅和从容的同时，也深深地领悟到生命的沉淀。

让阿勒泰的雪山融水，每一滴都有过翻云覆雨，都微拂过辽阔的土地，挥斥过方遒指点过江山……朝阳中的兴奋，落霞中的感怀，黑夜里的遐想，让希望活着，最重要的就是从容。

希望，起始于一种文化，也有待于今后的百年名牌……希望，离我们虽远，但却如一盏灯，始终亮着。

三

我站在冰雪覆盖的将军山前，远望群山，眼前的树、草已经被洁白的雪花扮成了玉树琼花的模样。厚厚的雪被上，正上演着一场别样的繁华。那一个个迅疾飘飞却留痕于世的身影，像是一段段早已经熟透的似水流年，把一种恬淡、一份沉着、一份淡定、一份从容以另一种方式留了下来。

2015年1月14日—20日，"阿勒泰——人类最古老的滑雪地域"国际古老滑雪文化交流研讨会在阿勒泰拉开帷幕。这场旨在弘扬阿勒泰古老滑雪传统，繁荣世界滑雪文化的盛会，迎来了来自世界19个国家的代表和运动员。

将军山，冰雪情景剧，古老滑雪表演、体验，冰雪大世界，还有琳琅满目的拉斯特乡冬季民俗表演的叼羊、赛马、马拉爬犁和姑娘追，令人目不暇接。

叼羊是哈萨克族传统的马上游戏。先是将一只两岁左右的山羊，割去头、蹄、紧扎食道，然后放在水中浸泡或往羊肚里灌水，以使其坚韧，不易扯烂。参加叼羊的人事先组成团队，有的就是两队的比赛。每队都有冲群叼夺、掩护驮遁和追赶阻挡等分工，十分讲究战略战术。一方一旦夺得羊羔，其他同伴有的前拽缰绳，有的后抽马背，前拉后推，左右护卫才能冲出重围。它是一个既需要个人娴熟技巧、又需要集体密切配合的传统体育项目。

在哈萨克语中，管"姑娘追"叫"克孜库瓦尔"，是哈萨克族的一项马上体育活动，多在婚礼、节日等喜庆时举行，同时也是哈萨克族男女青年间互觅情侣、表达爱慕之情的一种方式。参加"姑娘追"的一对青年男女，骑马并辔，向前方二三百米处的指定地点进发。一路上，男方可以向女方任意开玩笑，说戏谑的俏皮话，也可以尽情表达自己的爱慕之情。姑娘不能有任何表示，即使羞得红了脸，也要默默地倾听。当走到指定地点，就要返回时，男青年要机敏地首先拍马疾奔，姑娘随之纵马穷追，一边追，一边用皮鞭抽打那位顽皮的小伙子，而小伙子照例不得还手。于是，草原上就展现了小伙子拼命跑、姑娘拼命追的风趣动人场面。在场的观众，有的为姑娘叫好、助威，有的为小伙子呐喊加油。一时间，掌声、欢呼声、哄笑声响彻草原。当然，在追逐中，如果姑娘喜欢上了这位小伙子，那么鞭子只是在他的头顶上虚晃或轻打而已。这种游戏一般要持续数个小时。小伙子可以轮流邀请姑娘们参加，直到大家尽兴为止……

敦德布拉克滑雪狩猎岩画位于新疆阿勒泰市汗德尕特蒙古族乡东北

约4公里的敦德布拉克河上游沟谷中一号岩棚内，成为"中国阿勒泰地区是人类滑雪最早起源地"的关键史证。

该岩棚较小且浅，口宽3.5米，高0.8米，深1.7米。岩棚里绘有四组人物画面和一些野牛和野马等动物画面。

该岩棚内的第三组人物画面大概有10个人，其中6个人轮廓明显，形象相似。人物姿势基本呈站立式，脚下有延长物，上体与膝部前屈，而且动感强烈，符合滑雪人的姿态。岩画中几个脚踏雪板，有的还手持单杆滑雪杖，动作形态栩栩如生。滑雪人的上体宽大，腿细，人物背部隆起，似背着某些东西，又似穿着宽大的冬衣，被滑行时产生的风流吹起。这种姿态与阿勒泰地区如今农牧民的滑雪姿态，有着惊人的相似之处。该组画面表现的是多人呈一字形排开滑雪的场面，也可能表现的是一个人流畅地从眼前滑向远方的情形。

岩棚内的各组岩画用色深浅各不相同，分赭红色和深赭红色两种，颜料来自赤铁矿，化学稳定性好，所以能长久地保存下来；另外绘画的艺术风格上也有些变化，显示岩画创作的时间可能有早晚之分，但大体可以肯定，敦德布拉克一号岩棚内的第三组滑雪狩猎人物画属于早期作品，绘画的时间不会晚于公元前1万年。

其实，阿勒泰地区有成百上千处岩画群，数以万计的岩画。从最东部的青河县，到西部的哈巴河县，沿阿尔泰山脉到处都有岩画留存，构成了一条千里岩画长廊，有的整个山崖都是岩画。岩画是草原民族特有的一种艺术表现形式。古代的草原民族没有文字，就靠岩画来记录他们的生活、生产和愿望。

岩画分为岩刻画和彩绘岩画。岩刻画是以坚硬的工具敲凿而成的，图形都是凹进去的阴纹。彩绘岩画是画在岩石上的，颜料是用矿物质、动物血和一些植物的汁液调配在一起制成的。这种颜料非常坚固，上万年都不褪色。敦德布拉克岩画，就是属于此种类型。

汗德尕特蒙古族乡是阿勒泰市唯一的蒙古民族乡，享有"中国民间文化艺术之乡"和"人类最早滑雪起源地"的美誉，拥有国家级非物质文化遗产蒙古族绰尔、呼麦等称号。蒙古族是一个有着悠久历史的古老民族，在汗德尕特乡就有一支归属于蒙古族的乌梁海部落，他们擅长"蒙古长调""沙吾尔登"等歌舞。演奏"楚吾尔""喉麦""托布秀尔""马头琴"等乐器。2004年，被新疆人民政府命名为"民间艺术之乡"。2007年3月，"绰尔""呼麦"被列入自治区级非物质文化遗产名录项目；2008年6月，又被列入国家级非物质文化遗产名录项目。2008年，国家文化和旅游部命名汗德尕特蒙古族乡为"中国民间文化艺术之乡"。

披着冬日的婚纱，弹着心爱的冬不拉，蜚声海内外的哈尔滨冰雪大世界选址阿勒泰，落户将军山，成功地实现了华丽转身。

阿勒泰冰雪大世界占地10万平方米，用冰量2万立方米，用雪量2.5万立方米。以"冰雪的祈祷"为主题，用玲珑剔透的冰雕，惟妙惟肖的雪塑，美轮美奂的灯光，在天地之间打造出冰清玉洁的绚丽仙境……以将军山的自然地势为背景，将冰雪艺术、冰雪运动融为一体。巍峨的宝塔，雄伟的长城，错落的亭台楼榭，唯美的欧陆风情，巧夺天工，浑然天成。高30米的索菲亚冰雪教堂，260米的冰滑梯，不但刷新了吉尼斯纪录，而且成为冰雪建筑史上的又一座地标。

这是一幅比阿勒泰本身更加壮阔的恢宏场面：

无风，很静，林海茫茫。

朝阳下，一片雪白，阳光融化于土地。

没有水的雪，但有波浪。

松桧参天，雪花弥谷，群峰傲立，百壑争流。面对雪峰，面对山川，让我在无边的林海中，比任何时候都强烈地体验到了健劲的草，坚韧的树，柔润的风，无边的绿色和浓烈的生命力。

那些空气中弥漫着的芳香，把绿色和雪白紧紧地交织在一起，用文化的力量在这里书写壮美的史诗。

大美新疆，冰雪仙境，相约阿勒泰，欢聚将军山，让我的脚步一次又一次在这里驻足。

此情此景，我和我的同人四目相对，屏住呼吸，似乎都想在对方的眼神中寻找什么。我的心，好像有一点水珠泫然欲滴。

是的，我们有什么理由不去欣赏眼前由阿勒泰人亲手书写的杰作呢？生命的、文化的、经济的厚爱，我们又有什么理由去加以拒绝？

蓝天，白云，绿色，山峦。

金山林韵掩映下的阿勒泰，坐落在巍峨的环抱中，显得清秀妩媚，宛若大西北戈壁瀚海里的一叶绿舟。正是由于有了这绿色的点缀，才有了行走者心仪已久的长路……

在这里，理解是歌。

不是秋天的季节，却让阿尔泰人懂得了成熟的含义……

不问收获，但求耕耘。阿勒泰人把自己迎进了果实累累的田园。如果田野成熟了十片，那么，有一片必将是属于他们的！

四

雪原下是一片深沉的绿色。仿佛黎明前黑茫茫的大地旷野，有着无边的神秘，充满了出奇的宁静。

阿勒泰的冬天，是一道道浅浅的白，远远望去，还有一些淡淡的灰。在薄雾缭绕的清晨或云霞翻卷的黄昏，所有的风景便幻化成一片悠然自得、低头吃草的牧群，那种不紧不慢的节奏，实际上就是一段段牧人们与风雪相伴的日子。

太阳渐渐地跃出地平线，在我站立的地方，扯出无数条金丝，与山顶上的白雪融在一起，立刻变成了一个璀璨的球体，通透的云霞于是展开翅翼，翩翩起舞歌唱起来。

这一刻，大地无言，静籁无声。

那刺眼的光芒犹如一种如鼓如潮的乐曲在遥远的阿勒泰回荡。充满着张力，那么辽阔，那么空灵，立刻把人带入辽远而空旷的境界之中，这雄浑而苍凉的声音，骤然之间让我聆听到了灵魂的呼吸。似乎自己正行进在广袤无垠的阿勒泰草原上，在离太阳最近的地方，离蓝天最近的高山草场，离自由最近的天堂，把风中萧瑟的孤寂，幻化成了旷野中的风景树。而在生命的晨曦和晚霞之间，自己正行走在漫漫跋涉的路上，不断地重复着虔诚的愿望，让人们知道这个世界上有搅不散抹不掉撇不下的信念，有为这信念而付出漫漫人生的坚韧。由此我想起了和阿勒泰相识的那个黄昏，那个夕阳下的背景所印满的苍茫的心事。透过背影，我仿佛看到了自己为之顶礼膜拜的崇山峻岭，看见了能把人通体映得透亮的雪山上的皑皑白雪，看见了洋溢着生命原色的阿尔泰山，看见了照射在绿色林韵之间的冰凉的晨光。

一个崇高的选择，会把世界走遍；一个高远的视角，能把宇宙浓缩；美丽的人生，是机遇和汗水的交融，是勇敢和智慧的结晶。

走进阿勒泰，人们会传递给你许多关于这座山城的密码：

比如这是一座典型的袖珍小城，一座城就是一条街，一条街就是一座城；这里曾经是一座"牧业十足"的城市，每天早上被牛哞马嘶吵醒，晚上又被喧嚣的克兰河水哄睡；水是这个城市的半个主人，它喋喋不休从初春一直唠叨到深秋，冬季大雪覆盖，冰层下仍可听到它冬眠的呓语。再比如：阿勒泰的羊"走的是黄金道，住的是宝石屋，穿的是毛革服，喝的是矿泉水，吃的是中草药"；在山城生活出门只需带两样东西即可：一元钱和两根手指。打一块钱的"面的"满城跑；伸出一根或者两根手指示意你要去的地方。因为山城仅有两条公交线——1路和2路；在阿勒泰草原上行走，如果与一个敦实的身体相撞，请不必道歉。它们就是守望千年的草原石人；山城人的"冷热观"令内地人咋舌：零上28摄氏度，山城人说"热"得很；零下28摄氏度，说"暖"得很；"山城求爱一大怪，鞭子底下谈恋爱"。在阿勒泰草原有一种名叫"姑娘追"的习俗，让追求哈萨克族姑娘的小伙们，吃尽了苦头，也尝尽了甜头。

还有不要用筷子吃肉。如果你想伪装成山城人，最好先学会手捧一根半斤多重的骨头啃肉吃；想登山，你不一定非要驾着越野车行驶几百公里才能如愿。山城四周都是山，随便你爬哪一座，都用不着花钱，但力气花少了可不行；这是一座全国最"羊气"的城市。因为，在初春和深秋的街头，你时常可以见到一群群如云朵般的羊群贴城而过。这就是草原上著名的"人文景观"——牧业转场。

在山城，一般人家墙壁上都有一幅由几千颗宝石制作而成的挂画。你别觉得这有多么昂贵和稀罕，几百元的宝石画在山城各大珠宝店都可以买得到。如果你想向心爱的姑娘求婚，却又没有钱买一枚钻戒的话，那就尝试着带一幅宝石画去吧！

在阿勒泰，当别处的古代先民才学着把身子站稳了时，阿勒泰的古人们已经练就了踩着古老毛皮滑雪板追逐猎物的"雪上飞"本领，并且聪明的他们还把这种图像信息存进了内存极大的"硬盘"——石头岩画上；在山城，想结识美丽的哈萨克族女孩就叫她"古丽"（意为花朵）；想结识俊朗的哈萨克族男孩就叫他"别克"（一种官职），准确率可以达到76.49%。

如果你是外地人，在山城看到俊男靓女坐在路边津津有味地啃一块"白石头"时，你一定要看清楚，千万别学着在路边拾一块石头乱啃，崩掉了牙可没人管。那"白石头"叫"奶疙瘩"——一种极富营养、纯绿色的奶制品；在这里你可以喝到全国最新鲜的牛奶。一杯牛奶从牧场的奶牛身上挤出来到喝进你的嘴里，最快用不了一个小时。喝这样的牛奶，不仅可以品尝出草原的清新，也可以感受到吮吸母亲乳汁般的温馨；

"想谈恋爱哪里走？克兰河边遛一遛"。在山城，十对年轻人就有八对的爱情是在克兰河旁散步时偷偷种下的。这是一条母亲河，只要"母亲"同意了，八成儿算是通过了。因为，在这里，"母亲"既可以理解为婆婆，也可以理解成丈母娘；

山城的酒文化闻名遐迩。你从远方来有"下马酒"；你要离开本土有"上马酒"。宴席上一条鱼能喝30多个酒绝对不是笑话：摆头摇尾、唇齿相依、高瞻远瞩……于是，这样的公式形成了："一瓶酒加一条鱼等于半本成语词典"；许多人称山城是金山银水。其实，山城人心里跟明镜儿似的：真正的黄金恰恰都不在山上，而是在河里。传说中"七十二条沟，沟沟有黄金"就是例证。"七十二条沟"里几乎都有一条河。因此，概括本地的说法应该是金水银山！

在阿勒泰，当地的朋友会告诉你：如果在阿勒泰遇见你，那么，我们一定要一起去爬骆驼峰，在那悬崖之巅，俯瞰这美丽的小城；或者，一起去桦林公园，在秋天金黄的落叶中，聆听鸟儿的鸣啾；或者，一起去小东沟，去感觉那野意盎然的风景；或者，一起去将军山滑雪场，借着耳边的风声滑雪；一起去漫步克兰河畔，听哗啦啦的水声；一起去赛马场，去看哈萨克少年赛马，去听冬不拉的弹唱；一起去看红石头，去看千里的农田，去看鸵鸟；一起去布伦托海，去吃一吃那里的五道黑，一起去额尔齐斯河上钓鱼，再去寻找一块属于我们自己的"额河奇石"；

如果在阿勒泰遇见你，那么，我们一定要一起去看人间仙境喀纳斯，幻想着那里是只有我们俩的世外桃源，然后在神仙湾前共同许愿，一起吃烤全羊，吃烤馕，吃奶疙瘩，吃炒米粉，吃拌面，去哈萨克族人家中做客。希望我们自此忘掉外面的世界，感受山城的温馨……

恰似一部历史沉淀在这里，寂静的阿勒泰静静地伫立在车少人稀的大山角落里，它已经在四季的风雨中伫立了许多年，而且还要永远伫立下去。我恍若一个天涯漂泊的游子在夕阳下来到它的身旁眺望，除了万籁无声，清静凝重，周遭一片安详。那些物欲社会的喧嚣，被这里弥漫着的古朴和博大替代了，这情调就像悠悠走远的脚步，稳健而持重。

阿勒泰，这个新疆最北部的小山城，如果，我们在这里有一段浪漫的开始，那么，我也希望我们可以有一个浪漫的故事。

这就是那个通体雪白、却长着一身金色树叶的白桦树的故乡阿勒泰吗？这就是那个有着漫山碧透长满西伯利亚红松、西伯利亚冷杉和云杉的阿勒泰吗？

当然，还有疣枝桦、欧洲山杨以及随风而舞的各色野花……此情此景，我自己仿佛顷刻之间变成了一位岁月的骑手，踏着转场牧群的蹄印，一起向着阿勒泰的春天走去……

金色的桦树林里落叶飘撒在白净的雪地上，晨雾中的山野炊烟袅袅，阳光，森林和木屋，在冬日的曦光中陪着哈萨克族牧民驱赶着牧群一起

远行······

阿勒泰，这座让人来了就不愿意离开的城市，待得时间久了，便会心生许多依恋，感觉这里就是天堂。

我真的很想告诉我的朋友们，在我的岁月里，我希望能在阿勒泰，遇见你！

山河绝唱

天山，在我的印象中，从来就是陡峭、兀立而又缺乏个性的。虽然也有溪流淙淙、青松翠柏和风味野趣的渲染和点缀，但比及昆仑，却黯然失色。那是一座巍峨的山，一座让人看过之后会立刻心潮澎湃、血流会迅速湍急起来的山。它孕育过太多的险峰和苍茫，又吸引过太多的探险和征服。在所有人的眼里，昆仑毕竟代表了一种超然物外的洒脱和伟岸。

而天山呢？有时我常常这样想，如果也能像昆仑那样张扬、恢宏，气势夺人，那么，这条雄踞于新疆中部的山脉，可能早已声名远播。

事实上，天山具有很古典的气质。它居于万山之中，四周各有如屏的崇山峻岭构成天然关隘，唯独没有像昆仑那样一条吸纳世界文化的脐带。

初秋的一个正午，我随着原兰州军区、新疆军区一些朋友来到天山深处 —— 库车神秘大峡谷，车刚刚停稳，就听到一段如鼓如潮的乐曲从大峡谷内飘然而至。充满张力的声音，那样辽阔，那样空灵，这雄浑的气息，骤然间让我感受到一种伟岸，一种苍茫。这是天山的乐章吗？

神秘大峡谷，这名字听起来十分动人，只是我不知道那些刻在壁岩上的旋天古堡、玉女泉，真的鬼斧神工、匠心独运？

　　来到大峡谷入口处，两扇仿佛用酱红色泥岩砌筑而成的山门悬天而立，被大自然的巨斧一劈为二，那尖尖的角峰和绝壁立刻给人送来了一些阴森和幽暗。太阳的光芒呈胶着状粘伏在悬崖上，悬崖便更显得像要倒塌一般，向外伸出的是一双狰狞的手。

　　壁崖入口由天山冰川雪水常年冲刷剥蚀而成。沿着已经干涸的河床向上溯源，一泓流水自泉眼而出，形成一个清澈的碧潭，森然而高耸入云的山峰在它的头顶上犬牙交错，参差披拂。而这口玉女泉，却带着流沙，晃晃悠悠地沿着河床向远方流去。那孱弱的身影，犹如黛玉葬花，扯着云彩，盖住了少女羞涩的脸庞。

　　到了千佛洞前，盖世谷也就展现在了你的眼前。千佛洞坐落于绝岩的高处，壁石上依山建造的通天梯旋转而上，一级一级均用水泥砌成，有100多米长，约50米高。在一处已经修复了前半洞的洞窟旁，燃灯、释迦牟尼和弥勒佛这三个分别代表过去、现在和未来的佛祖安详地低颔传经。据说，这是所有龟兹石窟中唯一用汉文化记载经文的洞窟，所以，其文物价值相当高。

　　更有趣的是，在这里尽可以展现人类巨大的想象天才。就在千佛洞下的盖世谷和离谷不远的金戒泉，被人们说成了齐天大圣和猪八戒出生和修炼的地方，真有意思。

　　过西琳洞，闯过月牙谷和藏仙洞、显灵洞、通天洞，循着"一帆风顺"的巨大岩石一直往前，就看见两条巨龙腾空而起，在空中争夺着一颗硕大的玉珠。此时，你可以慢慢停下来，随便饮一口小泪泉、相思泉或圣泉，然后再骑上骆驼峰，径直奔向金字塔——那个古老的传说从此就开始伴着你走进一个美丽的遐想。

　　艺术是有生命的。经过人类智慧沉淀后的结晶，其人文魅力则更加闪烁出艺术思想的光辉。

金光闪闪的两座金字塔被镶嵌在乱石穿空之中，接受着夕阳的沐浴。被山洪常年剥蚀后拦腰斩断的胶结岩，坍塌后倒卧在金字塔周围，就如一个个人面狮身的雕像，剪影着漠漠大荒中的夕阳。

河床，巨大的河床，就这么静静地流过金字塔，流过悠悠的岁月，流进天山河谷，然后和所有的河流一样，拥着奔腾不息的小溪，向着更远、更辽阔的大海流去……

踏着松软的细沙，翻过金字塔，步入一条被两座绵延约一公里长、高出百米的绝壁夹峙着的幽径，一条吐信的银蛇正鼓着两只警惕的眼睛在静静地看你。这，便是神蛇谷了。

陡峭的山峰直插云霄，溪流沿着两边的绝壁壁崖缓缓流淌。在这静静的流淌中，我仿佛在聆听一首远古的音乐，走进了我心灵和灵魂的圣土。在这至诚的音乐中，我抛却了尘世喧嚣，让感情流出涓涓清泉，去经受一次次来自天籁的洗礼。

谷内的能见度很低。仰望苍天，高高的、远远的一线蓝天在湛蓝湛蓝的远方挟着白云在空中自由放歌。神蛇谷里，怪石林立，偶尔能看见摩天洞、摩天柱和摩天谷擎起一方高远的天空在幽深中叹息。

一块好大的石块从天而落，正好落在了两座奇峰之间，构成悬心石奇观。悬心石下，来往游客可以自由穿越。

虎丘桥上，观望卧佛神，你能学会用一种虔诚的心去面对芸芸众生………

放眼情侣峰，你真会感慨"神秘峡谷情未了"。因为，人生至真至纯的情感，相敬如宾的礼仪，陶冶一种醇正的气质，滋育一种高雅的心态，培养一种丰盈的情愫，生发一种上品的意趣，都在这大山的风骨中被抛

洒得淋漓尽致。

　　天山神秘大峡谷共有大小42个景点，约5公里长。谷内遮天蔽日，泉水相鸣，空谷传响，余音绕梁，娓娓久绝。

　　整个峡谷造型怪异，风貌独特，实属人间仙境。这种大自然劈出的秀美景观，其实就是对人类优秀文化的一种亲和，一种认同，一种尊重。

　　大峡谷那种晶莹绚丽的完美，令人满眼飞虹流霞的天然碑刻，虽然久经风剥雨蚀，但庄严依旧，雄姿依然。好像岁月烟云所带走的只是流沙、黄土和砾石，却将它们那不老的威仪与历史一起，永远凝定在富饶的天山之中。

　　天山的冰川融水，早已把我对天山的偏见冲刷成了遥远。触摸天山，让我看到了它那雄健的骨脉上清楚可辨的累累伤痕。

　　和昆仑相比，天山似乎所有的冰峰和雪谷都会显得渺小和平凡。它仅有几座海拔不足4000米的后峡和铁力买提、察汉诺尔达坂，最高峰博格达峰虽然险峻，也才不过海拔5000米多。但在新疆三山夹两盆的格局中，天山雄踞正中，被冠以新疆的象征。它将根系深深扎根于塔里木和准噶尔两大盆地，用圣洁的雪山融水浇灌着四野、绿洲、草甸和沙漠，自己因此变得贫瘠和怆然，这该是何等无私的奉献精神啊！

　　直到现在，我才真的有所感悟：天山与昆仑就如两位巨人的握手，他们在共同书写着属于自己、也属于人类的辉煌！

　　可以想象，没有艺术，没有生命，没有本土文化的追寻，没有大自然标新立异的创新，我们这个世界会变成什么样子？天山深处，库车神秘大峡谷在五彩缤纷的梳理中，让我看到了它的内涵中包容了文化的意蕴，而那富于文化韵味的格调却最能触动人的心灵，最能撩拨人的情趣。

　　这无疑是区别于喧嚣之外，浸润着一种淡淡的、浅浅的朴素的芬芳。

　　有了这一份平淡与无奇，便少了一份浮躁与失衡，少了一份粗俗与市侩，我还需要什么呢？

第二辑

故乡那条河

故乡那条河

　　故乡的阿拉沟河凝结着冰雪之精华，一路汇集高山融水，从天山之巅浩浩荡荡劈开峡谷，洞穿陡崖，沿途拓宽河床，把一川亮莹莹的水流送出了大山，然后在沙漠谷地培育出一丛一丛的小小绿洲，那绿洲镶嵌在茫茫瀚海之中，便成了一种生命的象征。

　　离开故乡已有一些年头了，一直没有时间回去看看。但每次坐着火车经过那条被绿树环抱的山沟，心里总是涌现出一种难以抑制的激动。不知为什么，这种感情随着岁月的积累，久而久之，在心里沉淀出许多难舍难割的情愫。

　　20世纪90年代中期的7月，一场那个世纪以来最大的山洪袭击了阿拉沟河。波涛汹涌的河水像一群受惊的野马，在山谷间横冲直撞，恣意蹂躏，铁蹄所到之处，万木凋敝，山河悲歌，生灵惨遭涂炭，上千户居民无家可归。

　　故乡的河，变成了性情暴戾的河伯。

　　这就是故乡那条曾经让我魂牵梦萦的小河吗？昔日我依此为生的小屋哪里去了？被洪水洗劫过的住宅区如今已变成了巨大的河床，一泓溪水湍急地从上面流过，斗大的鹅卵石和被浪折断的几树枯枝和树干静静地掩埋在泥石里，外露的部分已经风干、枯竭。紧靠山崖的房屋仅剩下了一面残垣断壁。办公大楼的一侧已整体断裂坍塌。这座陪伴我在这里度过了整整六个年头的宏伟建筑，今天就像一位历史的老人静静地立在了河的中央，眼睛里流露出无可奈何的悲哀。

这就是曾经养育过我十多个春秋的故乡吗？我不敢相信，在我的记忆中，故乡不是这个样子。故乡应该像一段悠悠的岁月，让人在走远了以后，还有些许温馨留在心头。

刚随着父母迁徙到大山，我是把天山作为一种自豪写进自己旅途的。

那时，阿拉沟河就像一位慈祥的母亲，汨汨滔滔，长流不息，用她的乳汁哺育着一方水土，河谷两岸长满了郁郁葱葱的白杨和红柳。每至秋季，几片落叶，几尾碎花被微风一吹，便轻轻松松地飘落在水面上，给周围巍峨的群山点缀上了一丝秋意。那无韵的旋律恰如一首人生的琴曲，让我在这首青春的歌谣中学会了牧野天涯，学会了吟咏大山的主题。我把这些美丽的情景装入行囊，然后精心地存入记忆的卡片，就像当初刻意去留住河床上一处处由不同造型的榆树构成的画面，走出了大山，走进南国那片长满相思树的热土。

多少年后，当我蓦然回首，故乡那条河已在我的心中结出相思。

故乡的小河对岸，有父母亲亲手栽植的一片绿洲，绿洲引河水灌溉，河水环绿洲又形成无数条溪流，最后浸入地下，山崖下从此就多了一处精巧的构思，让路过这里的人们感慨不已。门前的果树已开始挂果，白杨已长成参天的大树，还有林间遗落的花籽，每逢春天，那花籽便破土而出，绿茵茵的一片，充满了爱意。当初我要走，我告诉父亲，每个人都有自己生存的天空。父亲把一个男子汉的勇气交给我，就让我义无反顾地踏上了寻找的路途。

我没有想到，与父亲告别，就成了永别。再回到故乡，父亲已经随云彩飘去了，他的身影化作了烟云微尘。由他在屋前悉心培植的绿洲，亦像一位老态龙钟的时光摆渡人，空留萋萋的芳草和几乎落净枯叶的几树枝干。

故乡的河，业已变成了一条狂放不羁的巨龙，在横扫一片生机之后，给繁盛的山谷留下了无言的沉默。

河床已经冲宽得像一个小海子，上面除了洪水遗留下的残剩物和鹅卵石，几乎再没有生命的原色，阿拉沟河终于在静守孤独近一个世纪以后释放了自己的感情。这感情爆发得太强烈，它烧毁了它营造了几十年的宫殿，给河谷留下了生命的残缺。

几座临时住宅孤零零地屹立在河谷的高处，饱受河水泛滥之苦的人们在重新建设自己的家园。

这是一种憔悴的抗争！

我想，如果我们在与大自然的斗争中能够真正用明智的态度去理解人定胜天的道理，故乡的那条河不应该是这个样子；如果我们仅仅把自然的规律当成役使的奴隶，这条河迟早还会用无情的面孔再次惩罚我们自己。

相信科学，才能预测未来。

离开故乡那条河，我把患得患失写进了心里。

被风眷顾的地方

托克逊这个地方，在新疆地界，有些名气。它坐落在天山南麓吐鲁番盆地西部的艾丁湖边缘，是全国唯一的零海拔地区。面积不大，幅员1.66万平方公里，山也不高，但却有些博大的影子。这里三面环山，地势自西北向东南呈阶梯形倾斜，干旱，多风，属于典型的大陆性暖温带荒漠地区。

很多年前，因为修建南疆铁路和兰新铁路复线，我随着父母先后在托克逊的小草湖和鱼儿沟住过，那时的风，是呼啸着哨声带起沙砾的，打在脸上生疼。

一晃几十年过去了，一直没有时间再回去看看。但每次乘车经过那里，心里总是涌现出一种难以抑制的激动。不知为什么，这种感情随着时光的成长，变成了一种心结。

风声中诗歌如酒

地处312国道上的小草湖，名曰"湖"，但和内地的江河湖海相比，充其量只能算是一个小水潭。但在托克逊，却算得上一片很有规模的水源地。地处风口的小草湖"三十里风库"，每年八级以上的大风，要刮

100天左右，最大风力可达12级。

据气象资料记载，1962年，一场超过十二级的大风席卷了小草湖。风声裹着砾石泥沙，将堆积在吐鲁番火车站站台上的货物，全部吹到了戈壁滩上，一列列车车厢被全部掀翻，树木被连根拔起，房屋整座被推倒，过往车辆的玻璃门窗被砸成碎片，车厢迎风面的油漆被风沙洗成了铮亮的铁皮……

1993年5月4日，三十里风库再起12级狂风。吐鲁番至克尔碱站间七处路轨被狂风掀起的风沙湮没，南疆铁路运输中断，七台火车头玻璃被打碎，六趟往返旅客列车被迫分别停在吐鲁番和鱼儿沟车站，沿线施工单位的上千吨水泥被狂风刮走，上百张水泥盖布被狂风撕成碎片，位于克尔碱车站附近的一根碗口粗细的电线杆，被狂风拦腰刮断……

这些，都和西伯利亚的冷空气有关。只要这股冷空气侵扰乌鲁木齐，致使气候骤变，下雨或下雪，小草湖一带肯定会引发大风，造成312国道和吐乌大高速公路交通停摆，过往车辆受阻。

也许，在托克逊，风，就是特产。

在这个县的历史上，曾有一年刮过108天大风的纪录。每年开春，是这里的风季。我们只需要去县城或乡村，便不难发现，所有的树木和庄稼，都自然地偏向东南，这是常年盛行西北风的结果。

如果赶在春季去托克逊，你一定会感受到风的魅力。这个魅力，比男人更阳刚，比女人更性感。这些雄浑和性感，是无边苍凉的一种释放，是镶嵌在浩瀚和无垠上的一种神往，多少带一点儿温暖的成分。虽然，稍不留神，风就会把你的帽子刮飞，或者，把你的头发吹散。你眯着眼睛顺着风的方向望去，看见的，只有风的影子在飘。那情致，就如同刚刚映入眼帘的一处美景，不留心就被风声带走了，刚被唤起好奇心的你，还在痴痴地发呆。

这里的风，更多的，代表的是一种气势和磅礴，是一种搏击和力量。

风从山的那边刮过来，恰似一匹匹脱缰的马，带着疾奔的速度，铺天盖地地砸在这片土地上，把这里的树刮歪，云彩刮散，然后在山间、盆地、戈壁、荒原、河畔和沟谷里，留下了一片片光怪陆离的石头，这些石头滩，经过千年甚至万年日光月华的洗礼和磨砺，成就了许许多多宝石级的饰物。

风眷顾的地方，分布着大量的风凌石、黑珊瑚化石、泥石、草花石、彩玉以及五彩斑斓的玛瑙，尤以玛瑙、泥石、风凌石和彩玉居多。

据当地县志记载，这里已发现41个矿种，开发利用的有24种。其中，煤炭探明储量超过100亿吨，且多为特低硫、特低磷、高热量、高油、高碳质动力煤；石灰岩储量达100亿吨；盐矿储量1亿吨；钨的储量达到3万余吨，稳坐中国第二大矿的交椅；膨润土储量1.2亿吨。同时，在这里还首次发现了探明储量居全国第一、世界稀有非金属矿种——蒙皂石矿……

一位业内的朋友告诉我，托克逊的黑珊瑚化石，是一种骨架由无数细微的方解石质或文石质的羽针、羽簇或羽槲组成的珊瑚骸体，这种化石的纵列骨骼单元，主要包括刺状或脊状的戈壁脊或戈壁刺和板状戈壁。后者长短相间，呈两侧对称或辐射对称排列。而这里的泥石，是托克逊乃至新疆特有的戈壁奇石，又称古陶石，形成于距今约一亿五千万年前的侏罗纪时代，因其形态古拙、质地细腻，被奇石界誉为"大漠瑰宝"。用熟泥石贴敷皮肤，有去火消肿之特异功效。1998年，新疆哈密的"泥石坑"被发现，继而兴起的奇石热引起了开发商的高度关注，随即被大量开发。泥石因其细腻温润，形似淤泥沉积而成，故被人称为"泥石"，并一直约定俗成至今。

当然，这里还有玛瑙、彩玉。从托克逊南下65公里，盐场路口进入，便可以发现。那里的不少山体，均由黑碧玉构成……

风停了，就是杏花开放的时节。夏乡南湖村20000亩的杏园，在托克逊的大地上形成了一片海。海的颜色是粉状的，略带白色，像一位亭亭玉立的新娘，站在那里，用火辣辣的眼神，迎接着你的目光。

这时候，就会有许多人，自天南海北涌来。田野边，公路旁，顷刻之间就会停满许多车辆。他们是来看杏花的，也是来采撷春天的。因为托克逊的春天在新疆来得最早，它的花季开过半个月之后，其他地方才姗姗来迟。

初春的华夏大地，内地早已草长莺飞，但新疆北部依然春寒料峭，不少地方气温仍然在零下十度左右徘徊。也许，长达半年的冬季，让新疆人对春天充满了渴望。托克逊县距乌鲁木齐虽然只有167公里，但因为天山山脉隔断了寒流，使这里的三月阳春萌动，成为天山南北迎来春天最早的地方。

托克逊的杏花季，以其开幕式、游园踏春仪式、西域民俗歌舞风情表演、"千人麦西来甫"狂欢等活动，每年都要吸引30余万游客。他们的智慧，在于借助"中国第一大早熟杏园"生态旅游品牌，展示其历史、文化、民俗风情和特色美食的独特魅力。

万亩杏园内，长达四公里的自行车环道、观景台、停车场、公厕一应俱全。杏花季从每年三月下旬开始，到四月底结束，历时一个多月时间。

立于观景台上，远远望去，周遭一片粉白，一树树杏花开得令人眼花缭乱，目不暇接。走进杏园，却发现，那一树树杏花粉里透红，红中掺白，像涂过的胭脂，一簇一簇的，粘在枝条上。花瓣三片或五片挤在一起，亲密无间；未开放的花苞，粉里透红，润泽透明，像是用琥珀或玉石雕成的，小巧玲珑，楚楚动人。

花海中，诗歌如酒。那种疏淡的幽香，让人只要轻轻一嗅，便醉了。

素有"风库"之称的托克逊，年平均大风日数80.3天。多集中在3—5月。根据测风资料显示，郭勒布依乡10—70米高度，10分钟平均有效风速时数均在4000小时以上；克尔碱镇、小草湖、通沟村均属于风能资源非常丰富的地区。

可能，于生命而言，多风且大，不是一件好事情。毕竟，它影响了我们的生活常规。但托克逊的风，又切实改变了生活在这里的人们的思想和理念。

变风为宝，造福当地百姓，是生活在这片土地上的人们多年的梦想。终于有一天，那像风车日夜旋转的东西，电线杆一般地矗立在了戈壁滩上，继而是一根根、一片片，栽成了森林的模样。过去那条唯一通往外界的绳一样的小路，立刻被铁路、高速公路织成了联结世界的网。这里，和乌鲁木齐的达坂城区，共同见证了亚洲最大的风力发电站的诞生和运行。眼前，排列齐整、迎风旋转的风车阵容，在一望无垠的瀚海戈壁上，站成了一道恢宏的戈壁风景线。于是，这些浩荡天风，劈开天山，洞穿江海，用"西电东送"的方式，把新疆人的无私和深情厚谊送出了大西北，送去了祖国的东南沿海……

这，算不算托克逊"风区"唱给人类的另一首歌谣？

这里，有一种美食叫拌面

托克逊县位于新疆南疆、北疆、东疆的交汇点上，意为"九条河道"，自古以来就是丝绸之路经贸往来、文化交流的重要枢纽和军事要塞，这里除了险要的地理位置，还因为"托克逊拌面"而名扬天下。

在去往托克逊的路上，一片片打着"老字号"的拌面馆随处可见。赶在节假日，络绎不绝的车流会把这些地方汇集成一片人海，如果遭遇用餐高峰期，你不定要在这里等候多久呢！

托克逊拌面作为新疆的一道美食，已经成为当地人的一张名片。与其说其味美、筋道、滑软、可口，让品尝过的人们流连忘返，不如说其中凝结的文化心理和地缘风情更让人心生眷恋和神往。

托克逊县辖托克逊镇、克尔碱镇、库米什镇、阿乐惠镇、伊拉湖镇、博斯坦乡、夏乡、郭勒布依乡等五镇三乡，拥有常住人口近15万人，虽然由维吾尔、汉、回等22个民族构成，但对"托克逊拌面"这张名片，他们都有一种共同的情愫。

拌面，又称"拉面"，是当地人非常喜爱的一种面食。这里的拌面除了不加盐碱以外，主要功夫还在于"一揉两盘三拉四炒"。"揉"，即揉面需要从凌晨天还未亮开始，每隔一两个小时，再复揉多次，直到把面团揉搓到筋道绵软为止，然后再把面团搓拉成长条状；"盘"，则是将条状再度拉至成筷子般粗细的面条，继而抹上菜油一圈一圈旋转盘叠于面盆之内候用；"拉"，是根据顾客对拌面粗细的需求，由白案厨师两手同时拽着拉面的两端，在案板上拉、拽、摔、打，在完成以上工序后，把面下入锅中用水煮沸；"炒"，是最后一道程序，只需顾客根据各自所需，拌或者炒，配以新鲜牛羊肉爆炒起锅即可。

这种看似简单的饮食，在托克逊，就是一种文化。

托克逊地处天山中段，历史悠久。宋代为高昌回鹘地，唐朝设天山县；清光绪十二年，托克逊划为吐鲁番直隶厅西乡，"民国"二十五年，设托克逊县，隶焉耆行政区；"民国"二十七年，改隶迪化行政区，1975年至今，隶属于吐鲁番市。这里自古以来，就是客商云集之地，古丝绸之路"天山道""银山道"，唐代重要军事设施阿拉沟烽燧即设于此。由于拌面迎合了荒原戈壁过往客商充饥之需。

这里的拌面之所以诱人，除了简单易做，味美耐饥，还缘于纯净甘洌的地下水质。这儿的水，含多种矿物质，水质虽硬，却益于健康，生熟皆可饮用。同时，当地大量出产的优质小麦，为拌面这种美食提供了生根的土壤。还有，盐碱适中的土地，给当地盛产肥美肉嫩、鲜香少膻的黑羊创造了得天独厚的生长环境……无疑，这种不用淀粉调和而保留了原汁原味的拌面香飘万里，最终在文化美食中脱颖而出，在全疆乃至全国留下了脍炙人口的佳话。

在新疆，目前打着"托克逊拌面"招牌的拌面馆，已经超过3000家。

如今，托克逊人又推陈出新，他们希望将当地的特色面食融入文化元素，让拌面文化走出新疆，走向全国，走向世界。

走进占地面积150亩的托克逊"美食天下"文化景区，餐饮区、住宿区、休闲娱乐区、民族文化展示区、停车场、绿化区、文化广场别具一格，琳琅满目的各民族特色餐饮、拌面一条街、美食、小吃，民族手工艺品以及新疆土特产扑面而来，让我目不暇接；这里的旅游休闲美食文化驿站，不但汇集歌舞表演、木卡姆实景演出、陶土艺术品展览，而且所呈现出五彩斑斓的民俗文化和华美的视听盛宴，让我在品味美食的同时，也深深感受到了一种震撼的力量。

我想，不远的将来，这里，不仅有一种美食叫拌面；而且，美轮美奂的"风城驿站"，一定也会因为更多的游人"风留一夜"，而更加传奇。

零海拔：游牧的旱极

过去，只知道地面某个地点高出海平面的垂直距离叫海拔，是一个地理概念。

来到托克逊，朋友告诉我，这里海拔零米，是我国唯一的零海拔城市。"黄海零海拔"就刻在托克逊县委县政府综合办公楼的第九级台阶上。为了区别于其他台阶，这个台阶专门用了鄯善红大理石作为标志。

何谓零海拔？我一头雾水。后来翻阅了很多资料，才了解到："我国1987年规定，将青岛验潮站1952年1月1日—1979年12月31日所测定的黄海平均海水面，作为全国高程的起算面。并推测出青岛观象山上国家水准原点高程为72.260米。根据该高程起算面建立起来的高程系统，称为1985国家高程基准。我国各地面点的海拔，均指由黄海平均海平面起算的高度。"

位于新疆塔里木盆地东北部的吐鲁番盆地，深居欧亚大陆腹地，远离海洋，而坐落在其西部边缘的托克逊，三面环山，山地高度从海拔千米到4000—5000米不等，从东南与西北海洋上吹来的湿热空气很难到达，年平均降水量为5.9毫米，1968年仅降水0.5毫米，降水日数年均为8.3天，连续无降水日数最长达350天，是我国降水最少的地方，成为旱极。

当我们驾车来到托克逊县东南28公里处，这里西距吐鲁番不过40公里，却完全走入了一片由风蚀作用磨砺的世界，一座造型奇美的雅丹地貌博物馆呈现在我们眼前：

由一层坚硬、一层松软的沉积岩和矿岩，在风力侵蚀搬运和流水作用下，沉积于宽阔的河谷中，组成了形态各异的"建筑群"，整个地貌呈南北走向，长约3.5公里，宽约600米，由2000多个土丘组成。

风，不停地从达坂城风口刮过来，又刮过去，如同无数把钝器刀砍斧剁；不经意间，也不知哪儿飘来了一朵朵云彩，顷刻之间暴雨如注，形成浊流，轰涌而至，岩石们甚至来不及躲避，棱角即被削去一半……千百年来，如此循环往复，终于在这里造就出了大面积高低不同的土丘和沟谷。

立于夕阳下，我看见，整个地貌一片金黄。有的，恰似龙腾虎跃，气势恢宏；有的，则如绝世城堡，森严壁垒；有的，仿佛佛塔寺庙，庄严肃穆；有的，好像威武战舰，起锚远航……那一片片形如汹涌波涛的云，在天际的一角，燃烧着冲天的火焰。

那一刻，我醉了，醉在了托克逊金秋十月的风里。

记得很多年前，我经过这里，专门为这片遗世而立的风景写了一首诗，名曰《荒原上，一片风蚀柱》：

大自然用凌厉的双手，

把这一片辽阔的地缘，

撕成碎片！

惨淡使你变得锋芒，变得严酷，

而那抬升的奇峰却因此显得伟岸。

感觉是在这沧桑的折磨中，

天地因你的存在，

呈现出远古的辉煌，

那一道道被风雨抽打的鞭痕，

正是世纪的裂变所展示的潇洒。

你无视着生命的永恒，

用豪放的气质，倜傥的风流，

在人生的里程中刻下一座座丰碑，

虽然你无声地爱慕着绿洲，

但平静的眸子里永远闪烁着未来的恬娴。

你居高临下拓展着自己的视野，

从不因崇尚别人就去撕毁分明的面孔。

你独居在气宇轩昂的北国，

从不因向往柔情而刻意淡化雄性的魅力，

你像一面风中的战旗在争取空间。

有谁在你被风化的躯体前，

掬起一抔泥土瞻仰过昨天的遗容？

有谁在一片凋敝的生机前，

欣赏过夕阳滚落的阵痛？

只有你，在耕种的犁下把岁月种进了荒原！

历史的琴键因你而跳出悦耳的音符，

日月的潮汐因你而循序运转。

因为——

在偌大的世界中,

你的寂寞便代表了一种燃烧的激情!

现在,我站在它的面前,感觉昨天就在这里!

沙漠,戈壁,大风,沙尘,阳光,河水,当这一切留驻于这片土地之后,我们于游牧的旱极上,看到了更远的屋景。

位于克尔碱旅游区内的盘吉尔塔格山,南距托克逊县城55公里,平均海拔1200米,是一片由溶蚀和风蚀作用形成的神奇石林。

石林单体构造一般高度为2—5米,大型的高度达十几米,总面积约一平方公里。岩体多为石炭纪火山岩和角砾凝灰岩,呈青灰或褐红色,岩石中含有丰富的碳酸钙。

盘吉尔塔格山是迄今为止,在中国国内所发现的唯一火成岩风蚀石林区,品位高,形态完整。

据了解,风和雨水是盘吉尔塔格山怪石林生成的两大原因。这里地处吐鲁番西部的"三十里风区"内,风力强劲,风速快,8级以上大风日占到了全年的三分之一。离此不远,曾有列车遭遇13级大风,11节车厢被刮翻的记录。

强劲的西北风的吹蚀,再辅以山间雨水的淋溶作用,形成了盘吉尔塔格山造型奇特的石林景观。

走进盘吉尔怪石林,各种奇形怪状的岩石转瞬之间就站在了你的眼前。人物物象,飞禽走兽,神态各异,栩栩如生。其中,千年古驼、唐僧取经、李白问月、苍鹰俯瞰和鳄鱼出洞等景观,令人神思飞扬,浮想联翩。

横卧于雅丹地貌东边的天山红河谷，原本只是克尔碱一个叫作红山沟的村庄，离托克逊县城25公里。

在洪水多年的侵蚀和冲刷下，覆盖于第三纪红色泥岩之上的第四纪黑色沉积物，被切割成一道峡谷，蜿蜒十几公里，壁陡如削，颜面似火。因其终年没有雨雪，加之河谷草滩如练，耕地遍野，尚有保留完好的无人村庄，成为徒步爱好者新疆黄金休闲徒步的首选线路。

在克尔碱镇境内，南距镇政府约4.5公里，还发现了克尔碱岩画，内容涉及羊、牧羊人、鹿、狗、骆驼以及狩猎、放牧等画面；在一块面积42平方米的巨崖上，刻着著名的克尔碱水系图。图上，绘制出了近38条河流、泉眼和水渠，并且利用石头的自然坡度，用立体的方式，生动地再现了当地自然水系的分布情况。

水系图下游还刻有人物骑马狩猎和各种草原动物的图案。有专家考证，这些岩画均属公元前6—7世纪车师人的遗存。让人惊奇的是，这幅远古的水系图，居然与托克逊县的水流走向相吻合，而这样详细描绘古代水系分布的岩画，在世界上还属于首次发现。因此，克尔碱水系图被誉为世界上最古老的地图。

过去的岁月，就像一位老人，渐渐地淡出了视野；但历史却在这里，重新唤醒了我们的记忆。就像秋色，几片落叶，几尾碎花被微风一吹，便纷纷落下，给周围的群山立刻点缀上了浓浓的秋意。但这无韵的旋律，恰似一首人生的琴曲，让我在这首歌谣中，学会了怀念，学会了祈祷。

托克逊这片土地，是一代又一代为着生存的人们，亲手栽植的一片绿洲，绿洲引河水灌溉，河水环绿洲又形成无数条溪流，最后浸入地下，变成了一座座坎儿井，这些精巧的构思，让路过的人们感慨不已。那些新栽的果树已开始挂果，参天的白杨，在林间遗落的种子，每逢春天，便会破土而出，成长为一片又一片新的绿洲，继而把所有的绿色连成一片。

我想，生活在这片土地上的人们，历史应该记住他们！

又见秋凉

独自驾车来到郊外，已是黄昏。不经意的一刻，几片黄叶在眼前猝然落下，被晚风轻轻带过，便在路的拐角处垒成了一堆堆金色的碎片，凉意随即扑面而来。我的心猛然抽搐了一下：时光在漫不经心地流逝中，秋天不期而至。

远山，丘陵，在暗灰色的夜幕中凝成了苍茫的雕塑。山上已经鲜有人往，许多树枝上仍然挂着青碧的叶片，但却俨然失去了往日的光鲜，多少显得落寞和无奈。晚霞的一缕微光透过树林的枝丫悄然无息地洒在地上，身影被拖了老长。

我的目光在长满灌木丛的丘陵间穿越，感受着晚霞的光辉洒在远山上的温暖。远处，是城市喧哗的声音。我此时宁静的心情缓缓荡漾开来，仿佛在捧着一本书，抑或是沏了一杯淡淡的茶，坐于山巅，独享一份淡泊与自如……

一位老人独坐于石阶上，目光幽静而深远，没有人知道他在想什么，也许他什么也没有想，仅仅想坐在那里而已。我在他的身旁坐了下来，他没有回顾，抬起眼帘，只是在我的脸上稍做停留，继而又移往别处，去凝视他的远方。我们就那样静静地坐着，没有交流，没有沟通，却仿佛神交已久，相互在心间共同寻找着落叶的归宿。

许久，他站起身来，说了句："很晚了，准备再坐一会儿？"

"是啊！不知不觉又走到了秋天。"我说。

"这是一个很容易让人产生联想的季节。时光淹没了水声，日子一天一天变老，喧腾走出了视野，名利已经离你很远。你还有什么呢？有的，恐怕只是怀念和回忆。每一个人走到这个时候，就什么都活明白了。就像这落叶，一切归于沉寂。"

老人走了，独留下我一人在树林的深处。

是啊！又见秋凉。过去的、现在的所有往事，都在记忆的梳理中，慢慢地和着岁月的风尘，走远了。

只身漫步于这清寂的山野中，身影和空中丝丝凉意轻轻摩擦着，脚底下发出"咔嚓、咔嚓"的响声，如同心灵在时间的游移中与时空对话，那些河边的芦花，河畔的柳影，山峦间的虫唱，旷野的夜月，以及西域大寺的晨钟暮鼓，顷刻之间向我走来。

终于离开了喧器的人群，于近郊远山上，沏一碗清茶，任由茶的芬芳在空气中弥漫，自由自在地随着轻风飞到很高很高的蓝天白云中去。我的心境，也恰似一碧如洗的天空，敞亮而辽远。那种休闲和安恬，虽然在品一壶酽酽的新茶，最初的感觉，总是淡淡的，有些苦涩，但苦涩中却也透着一丝丝清香。有时又更像在聆听一首歌，远远地，有些绵厚，有些悠长，有些动人，也有些伤感。

一个人独坐于寂静的林间，看着一叶一叶的翠色渐渐变黄，然后，脱离树干，悄然飘落，继而飘满一地金黄。那情致，仿佛伴着烟雨无尘一般，把秋色展现在我的眼前。我的心间，顷刻之间就有了一种灵动升腾开来。这是一个人的世界，也是一个人的心境，那种沉重的失落让我感到了莫名的忧伤。在我心里，秋天已经是个传奇，是一个只能仰望的季节。它早已隔着如许烟波岁月，隔着人们眼中的深情，站成了书籍中的一页剪影。

在许多人眼里，树木秋声，便意味着山满寒色，秋风西作，草木零落，多肃杀之声。然而，我认为，秋的丰盈、积淀、成熟和大美，往往也隐含于这凋敝之中。

记得很年轻的时候，一个中秋月夜，女友邀我去赏月。那一天，月色真美，四野的环境显得温馨而有诗意，晚风裹着浪漫在风中飘着，静谧的稻田在台湾相思树下，可以清晰地听到青蛙的浅唱。女友拥着我说：这是她一生中最幸福的时刻。她希望这样的日子一直到老……不是山盟海誓，却让我懂得了生命的责任。那时我想，眼前的女友，可能就是芸芸众生中伴我一生的那个人，我应该学会珍惜。

很多年过去，又是一个中秋月夜，我一个人形影相吊地徜徉在僻静的小路上，皓月当空，仍然还是那样的皎洁，可身边的那个人已然不在，空旷的原野上只剩下了我自己。生命的那一半呢？已经在岁月的磨砺中失去了影踪。后来，我学会了与寂寞相伴，但凡人群熙攘的闹市，成双出入的歌厅、影剧院，都淡出了我的视线。我喜欢一个人去往山间、沟谷或是原野、河川，静静地聆听大自然的声音，用心去感受这些来自天籁的混响。

有朋友问我：如果时光可以倒流，你是否想过再次牵手？我告诉他：心累了，只想休息。假如一定要找一处停泊的港湾，为什么不能是自己的这处？

也是在这样一个秋天，一位执着于仕途多年的朋友，忽然有一天打来电话，说他终于轻松了，想请我同他一醉方休……接下来打算静下心来，做一些学问。我很惊诧：他原本是想在官宦之途上登峰造极的！

现在适逢中年，正在人生进取的年龄，为什么却又早早辞职了？他坦言：人在旅途，经历过了，不尽如人意的东西总是很多，为什么要去攀比？好比山谷中的一株大树和山顶上的一棵小草，谁能说谁的高度更高？

一句话，让我顿觉释然。

如果一个人，看淡了感情，看淡了名利，看淡了一切尔虞我诈，他或者她可以不知道自己的追求，但是不要看淡幸福，其实就够了。

多年来我一直犹豫，是否应该给予秋天多些文字。每每提笔，却又觉得笔有千斤。可是，每当我一次次站在秋的深处，又仿佛那些想写的文字，已经深深地刻在了我的心底。秋色尽管一如既往的妖娆，满山遍野的嫣红让我时不时就有一种想要冲出房门去拥抱的冲动，但那种情境待我心灵平静下来的时候，一切又恢复如初。其实，在我的精神世界里，秋天始终代表着一种表达。所有的话，都应当同自己想要倾诉的对象说，不能同自己说。如果写下来，多少显得曲高和寡。于是，我把心的躁动停了下来，既然我没有机会去同秋天约会，去同它表述我此刻的心情，那么，我不愿意说也不愿意去给任何人书写有关心灵的这些文字。

在秋天面前，时间，就是一段最好的沉默。

因为，没有哪一个人能够真正走进秋天。无论是躯体，还是灵魂。

秋天是时光中的一种大美，非有志者不能至焉。多年以来，我的足迹几乎历遍整个中国，视野所及，春的烂漫，夏的温馨，秋的韵律，冬的圣洁，无不包容。然而，只有秋色，无论岁月怎样流逝，它总是如同早已逝去，但总好像仍在眼前的那个让你离不开，也不能离的梦中情人。即使是在多年后，我已步入老年，但自年少时就有的那份岁月情缘始终萦绕在我的记忆之中，挥之不去。只要走进秋天，我的神思就会停留在某一景观上，视野也会凝视良久，喉头微微蠕动着，似乎有千言万语需要表达，最后还是一言未发。

这样的心情，如果没有亲身的体会，有谁能够理解？

秋天，是人生的一本书，慢慢翻到最后，便是花的静谧，雪的喧响。

对我而言，爱一个季节大约便是长远的，一生一世的事情。因此爱得慎重，却恒久。

西口第一哨

终年风沙吹拂的丘陵山冈上，没有一丝生命的迹象，颓废、荒凉和冷漠在无垠的旷野上静静地守望着中国的西北角。

始建于1962年的阿拉山口哨所，在经久的站立中，形成了一道美丽的风景线，被人们亲切地誉为"西口第一哨"。

哨所擎天而立，就像一双永远也不知道疲倦的眼睛。被荒漠植被零星点缀的一川砾石戈壁，从哈萨克斯坦共和国的德鲁日巴呈扇形冲泻下来，等到哨所时戛然而止，连接着崇山秃岭，陡然而隆起的巅峰上，一座瞭望塔深沉地凝视着对方，那目光中清晰地刻着走向分明的中哈两国国界线……

国门眺望，无疑是一种新鲜和神奇。

阿拉（ALa）一词，意为花色、杂色。故阿拉山口为花色的山口，素有"准噶尔之门"之称。考古工作者发现，阿拉山口西北侧有原始社会父系氏族公社生殖崇拜的古老动物岩画，地质部门在位于阿拉山口南侧的艾比湖边河上又发现有细石器。由此可以推算出，阿拉山口的人类活动历史大约可以追溯到三千年以前。

西口第一哨位于我国西部地区唯一的铁路、公路并举的国家一类口岸阿拉山口口岸附近，介于阿拉套山和巴尔鲁克山之间，宽约20公里、长约90公里的"风口走廊"上。这里"冬天冻破头，夏天晒出油，四季风怒吼，遍地跑石头"，是我国著名的风口。历史上曾经是中外各民族经商、征戍、觐见、旅游和探险往返中亚、西亚的通道，也曾是伊犁至塔城的必经之路。蒙古帝国时期，阿拉山口为驰名中西亚的丝绸之路，故有"黄金通道的支点"之称。

登上西口第一哨的瞭望塔上眺望，远处的艾比湖就如一块飘逸的丝绸，在风中飞舞。阿拉山口恰似一只伸出待握的手，连接起沉寂多年的悠悠古道，架起了从我国连云港到荷兰鹿特丹的欧亚第二座大陆桥，传递着中哈和亚欧各国的友谊。代替昔日缓缓西行在茫茫戈壁上的骆驼队，是眼前泛着银光的钢轨，它伸向10多公里外依稀可见的哈萨克斯坦边境口岸德鲁日巴站。

瞭望塔下的右侧和左侧山体上，军人们用白色的石头在上面拼出了一幅中华人民共和国地图和写有"祖国万岁"的巨大横幅，那上面沾濡的国防情结，就如一幅幅镶嵌在大山上的生动浮雕，在风中撕咬着霜寒、冰冷与沙尘……红色的国旗、军营的橄榄绿在万古荒原上编织着最为亮丽的景观。

故地重游，眼望着一碧如洗的蓝天下，峰峰峦峦在无边的天际沉吟，微风在炙人的空间里频频作响。我的思维似乎又回到了从前，去追寻我的情感中对"西口第一哨"的少女之梦。

风，很轻，很柔，阳光也明媚得让人陶醉。第一次迈进这边防哨所，那种神秘，在我心中荡起了波澜。

那光秃秃的丘陵，堆成了军人光荣而又艰巨的使命。疾风过后的哨声，就像一段悠悠的琴曲，渐渐远去，在离哨所不远的艾比湖上空袅袅回荡。

　　边防连的连部就坐落在丘陵相间的平坦地带，一座用鹅卵石砌筑的幢幢平房围成的四合院。虽然不大，但布局却小巧玲珑。这里没有水，甚至连空气中都充满了沙尘呛人的气味。但这些军人却不辞劳苦，去相距边防连十余公里外的阿拉山口口岸用汽车拉运饮用水和生活用水。在山上，水贵如油，官兵们每天只能将洗完脸的水用来洗脚，洗完脚的水再用来浇树浇花——尽管生活环境十分单调、乏味和枯燥，但他们却悉心地在操场两旁开辟出了两块园圃，种上了大叶榆、马尾松和一些花草。为了活跃业余文化生活，官兵们还自发去山地上拾捡一些奇石，用水泥粘在一起，制作成各种各样的盆景和花卉水池……绿色，在卫国人的心中，始终是一座巍峨的长城。

　　只有连部中央那高高飘扬的国旗，用璀璨的红色高举着生命的激昂……

　　这座边防哨所，已经在风雪中剥蚀了整整38个春秋。

　　一种执着的心动，让我深深地爱上了军营。那种威武与悲壮，同阳光一起，写成了清贫和孤独的背影。我想，无数个士兵的组合，在国门前矗立，便是一座山脉。可这山脉上，似乎只有个性，而看不到温情……我可能做到的，恰恰是为这些朴实的心灵送去一份母亲的牵挂和妻子的问候。

　　我毅然踏上了那条通往国界线最近的小路。拾级而上，便看到了远远瞭望塔在清风冷雨中注视着我。我心灵间猛然升腾出一种自豪，一种让自己感动也让别人心灵悸动的感觉：国门离我是那么近，近得好像可以听到界碑的呼吸，近得可以同隔界相望的哈萨克斯坦共和国哨卡上的卫兵相互致意。

　　我和那位边防连的连长，一位非常帅气又呈现着阳刚之美的小伙子从相识走到了相知。

每天黄昏，我们便沿着没有路的山脊、山梁和山坡漫步交谈。时间长了，原始得没有一点色彩的山丘上留下了我们踏踩出来的小路。小路没有尽头，显得凌乱、无序，但却把我那一颗炙热的橄榄绿情结留在了这里。

我们的关系刚确定以后不久，上级突然一纸命令，把他调往云南参战。那段日子好恐怖，但我却不能表达当时的心情。领导专门找我谈过话，要求我支持他献身国防。当时，在每一个军人眼里，我一夜之间，变成了一位女神，一位伟大的女性。送别那天，我强忍着分离的痛苦强作笑脸，在欢声锣鼓中把他送上了开往前线的军列……其实，我知道，这无疑去让他和死亡接吻——因为，战争无情。

相别的日子总是在长长的相思中煎熬。

还是沿着那条曾经相恋的小路，我一路攀缘，到达哨卡，总恍惚看到从他原来站过的地方，走出一个真实的他来，那感觉里，其实已经捡起了一份沉重的失落。

哨所，就这么孤独地长年坚持着自己的守望，坚守着自己的那一段段割舍不了的橄榄情，让人肃然起敬，又让人要下很大的决心去坦然面对。

春天，刺骨的寒风翻过山垭，向着西口第一哨席卷而来，风沙夹带着砾石撞上人的脸庞，它会绝情地在你生疼的肌肤上抓出岁月沧桑的痕迹；夏日，酷热的太阳就像一个摆放在湛蓝天空上的巨大火盆，向大地倾泻着一盆一盆的火焰，地上的每一处都仿佛被烈焰点燃，充满了焦煳的味道。山头、丘陵处处都被耀眼的太阳光笼罩着，悠悠升腾着缥缈的沙岚，群山在焦渴中呻吟。只有哨兵，始终如一根信念的桅杆，立于哨卡岗楼上，持枪威武地凝视着远方。

　　深秋，萧瑟的风铃敲着大山的耳鼓，把料峭的冷霜迎进哨所；寒冬，四野一片凋敝，万物已经死亡，只有不远处的阿拉山口口岸上呼啸而过的列车和满载货物的车辆在冰冷的空间里营造着生命的气息……

　　哨所独立荒原，寒暑易节，看云卷云舒，望断天涯路。

　　我凝望着蓝天，身影似乎已经站成了岩石，每当口岸上那条绿色的长龙闯入我的眼帘，我都好像看到了他载誉归来的影子。

　　远方，变成了瀚海，那海的深远吞噬了我的视野。翻起的波涛，荡起的涟漪，和着海风的乐章，在万里海疆上表演着生命的舞蹈。这是一种蓝色和着绿色的美，这是一种雄壮和博大相拥着的磅礴……

　　然而，这是戈壁沙漠，是被生命几百次、几千次曾经拒绝过的地方！

　　能有水，能有生命和阳光，能看见那座始建于1954年的气象站每天定时放飞的探空气球，我已经心满意足了，谁让我选择了军人呢？

　　他从云南凯旋。回来那天，他不小心踩上了一块松动的水泥块，腿部猛地拐了一下。我下意识地感到那条腿是不是已经残疾了，经过医生处理安装上的假肢？我用脚狠狠地踢了他一脚。他转过头来，诧异地看着我，那目光显然带有太多的困惑。

　　我轻松地笑出声来，他那颗坚贞不渝的卫国心到底没有被南方的云彩打湿那一份火红的相思。

　　这种人生中的那一段永远铭记的经历，每一个人都或多或少地有过的那一种无奈、那一份信念、那一个希望，都被昔日的沧桑剪成了眼前的活色生香、明日的阴晴潮汐……这部心史，让人至今读起来如遇知己，那般质朴，那般淳美，犹如自酿的酒，愈饮愈难舍……

可能，对于西口第一哨的怀念，有些人穷尽万言、毕其一生想阐释、想寻找的答案，其实早已经在我心中"常常使我想起，又常常使我忘记"中写完了……

乌苏的酒街

去过不少地方，但以酒街命名、又以酒街作为文化背景，从事商业活动的，在我的印象中，乌苏酒街在新疆算是第一条。

这是新疆唯一一条将民俗风情、歌舞、美食与国际啤酒文化有机融合在一起，既不失本地特色又体现国际风尚的酒街。

我想，在今天这样一个物欲横流的时代，想找一处清静而又装满文化的地方，确实不易。

在多年的夙愿中，我一直希望能找到一个即能和朋友消遣、又能利用文化的平台谈天说地的场所。

现在在乌苏，算是实现了。

在这里，直接从乌苏啤酒厂生产车间生产出来的新鲜啤酒和啤酒自酿设备，会让你亲自体验到啤酒的浪漫，从中感受酿制啤酒的情致和乐趣。同时，国内唯一一条、总长度近800米的空中酒街，也以其典型的地方特色和酒文化气息，在吸引着你的到来！

步行街内的商业区主要分为三层，局部四层。其中，一、二层为休闲餐饮文化娱乐场所；三、四层则以烧烤、夜市为主，通过空中走廊连接成一个整体的空中商业步行街。夏季，市民和游客可以在这里尽情地享受到空中商业步行街的景观和欧美风情。

　　与此同时，拔地而起的啤酒工艺廊道、酒吧、美食街、演艺厅，不仅使这里成为新疆唯一一座弘扬酒文化兼具酒产品展示交易的平台，而且也是一个小型的啤酒博物馆，销售展示与啤酒相关的酒具、酒产品和茶行的茶具、地域特色饰品、古玩、字画、奇石等旅游纪念品，力求创造出一种"饮酒、观石、赏画、评天下"的文化氛围。

　　现代社会的迅猛发展，已经很难给后人再留下来可以把玩的东西。一台电脑用旧了，扔到垃圾堆里，连乞丐也要嫌弃的；一部汽车用到报废，还不去回炉，不但没有价值还要占用场地；而一方印砚，用到主人去了，终归要变成文物。文明初始的定律原是有天道间的合理，既然破了，就要带来怪异，变得十分可怕。几千年的运输，离不开轮子的概念。马路改为汽车路，虽然还是马路的样子，却增加了废气和噪声，如果再淘汰掉轮子，世界还不知要变成什么样子。

　　人的灵魂喜欢回归，欲望驱使着前行。最终要归附自然，去和谐一片山林。乌苏酒街便是一些有创新精神的人旧日的梦，在脑际里流连不去，也仅是一些记忆的碎片，但却让我们想起往昔。

　　乌苏酒街的创意，我认为多少有几分"无心插柳柳成荫"的意味。早在20世纪90年代初，那时乌鲁木齐夜市刚刚兴起，我和几个朋友在新市区的铁路局吃夜宵，过来几个推销乌苏啤酒的，说是可以先尝后买。那时，乌苏啤酒还没有一丁点儿的名气。我和朋友们尝了以后，感觉不错，于是就买了两扎。没想到，这时，跑过来几个推销新疆啤酒的人，一下子就把几瓶乌苏啤酒打翻了。那情景，一直留在了我的记忆里。

　　这事发生没多久，执着的乌苏人还是在乌鲁木齐的不少夜市挂起了乌苏啤酒的牌子，经营乌苏啤酒。可是始终人气不足、生意萧条。1995年，两个从乌苏来的年轻人在五一夜市开了一家西餐店，最初不过是卖些西式糕点，后来摆上几张桌子，添置一张吧台，闲暇时候便有不少人来这里喝喝咖啡，或是品品酒，生意越来越兴隆，一时间其他店面纷纷效仿。直至1997年，这里夜市兜售的啤酒几乎全部变成乌苏啤酒了，五一夜市成了名副其实的"乌苏啤酒一条街"了。有意思的是，据说当时这些酒吧申请工商执照时，全都冠名为西餐厅，因为那时根本就没有酒吧的执照。不过，这些名为西餐厅的酒吧毕竟都红火起来了。

如今，乌苏酒街的建成，不但打造了一张乌苏市崭新的城市名片和金三角地区乃至新疆的一道亮丽的人文景观，而且成为乌苏市兼具经济效益、旅游效益和社会效益的综合街区和啤酒节长期存在的分活动场地，这不仅能有力地拉动乌苏市的旅游消费，我想，更可观的是，一定会为增加政府税收带动就业创造机会。

在乌苏酒街，如果谈文化和酒产品，就不能不谈乌苏，否则，就谈不透。

新疆乌苏市地处天山北麓、准噶尔盆地西南缘，雄踞伊犁、博尔塔拉蒙古自治州和塔城、阿勒泰四地州要冲，自古以来就是通往阿拉山口、巴克图、霍尔果斯三大国门的咽喉，是新疆西部大开发扶优扶强、优先发展的县市之一，也是国家和新疆优质棉、粮食和畜牧业基地之一。

我们每天都在被一种希望牵着前行，虽然我们并不知道前面的路还有多远。

文明的历史是人类不间断地改造自然的历史。我们在法国见到那些经过花工精心剪理的园林，可以体验到法国文化的魅力；来到英国那些百年古堡，发现所有的草坪、树木，都经过仔细的修饰，透着人类的匠心，透着主人的尊贵；而乌苏的酒街，则是让酒文化的大美和生命的魅力，延伸到世界的每一个角落，延伸到文化的每一种内涵之中，把对酒文化的理解演绎成人性化的升华，让每一位怀揣着希望的人们，在享受优雅和从容的同时，也深深地领悟生命的沉淀。

对每个人来说，都有自己阶段性的奋斗目标。但要真正做到、做好，却一定要付出很大的努力 —— 因为压力只能使人努力向上。作为一个名牌，需要活的有机体；作为名牌酒街，需要生命力；作为名牌效益，需要体现更大的价值；作为"名牌酒文化"，更需要一种健康的情感和意志，这就是乌苏酒街发展的内核。

在竞争中，谁先找到市场的源泉，谁就能抓住机会成为强者。"海尔"成为强者，因为不模仿任何企业。美国人为制造出"凯迪拉克"而骄傲，日本人为设计出"本田"而自豪。做事就要有所为。每个人都有太长的路要走，质量、品牌、信誉、服务是获得成功永恒的追求，也是对消费者的承诺；名牌是构筑形象永不言败的理念；公德、人道、良心，是每一个人努力向上的基本原则；因为，为社会服务，是人性至高无上的荣耀。

乌苏的雪山融水，每一滴都有过翻云覆雨，都微拂过辽阔的土地，挥斥过方遒指点过江山 …… 朝阳中的兴奋，落霞中的感怀，黑夜里的遐想，让希望活着，最重要的就是从容。

乌苏酒街，起始于一种文化，也有待于今后的百年名牌 …… 希望，离我们虽远，但却如一盏灯，始终亮着。

一个塔城地区的县级市，一条名不见经传的乌苏酒街，却盛装着这么多中西合璧的酒文化内涵，本身就耐人寻味。也许，这正是乌苏酒街的独特魅力之所在。

每天夜幕降临的时候，这条并不宽阔的酒街，总会停满各式各样的轿车，还有各种各样的来来往往的人们在这里徜徉、停歇，或谈生意。

中国人、外国人、文化人、生意人，在这里都会感到一种环境的适应与融合。确实，乌苏酒街的存在，为中西酒文化的融合，为融合和萌发出的新生文化具备相当的包容力和适应力搭建了一个沟通和交流的平台。外国人在这里品到的，不仅仅是自己所钟爱的那种咖啡；看到的，不单是自己所熟悉的那种环境；得到的，也不只是一种亲切的感觉。他们在体味一种中国式的酒文化风格的同时，也让自己的情感逐渐融入了清纯和绵香之中……

在乌苏酒街，我们常常可以看到许多金发碧眼的外国人在这里散步。他们并没有进酒吧去喝点什么，仅仅只是沿着酒街这条别具风格的街道，感受他们自己眼中的中国。中国人来到这儿，则是一定要进去喝点东西的，感受一下西方人的休闲方式。酒街也同样满足国人的需要，店外的招牌大都是由几块不规则的木板闲散地钉在一起，木头的原色依稀可见，上面再歪歪斜斜地用小彩灯拼成店名，而室内也多为木结构，常让人联想起西方童话中森林里的小木屋。和着舒缓的蓝调音乐，和朋友聊聊天，比起在常规的茶馆喝茶，不知要惬意多少倍。

乌苏酒街的魅力也许远不止于此。当人们将目光投向它，来酒街休闲的时候，众多的公司也看准了这里。于是，酒街的文化就永远不可能成为与世隔绝的桃花源，而是与时代同步发展着。

对于国人来说，酒街文化毕竟是一种陌生的文化，不少人在潜意识中得有一个接受的过程。同时，乌苏酒街离居民区很近，可能有人会认为酒街的特点与附近居民的生活需要有些格格不入。

其实不要紧，只要看一看乌苏周围的山，品一品乌苏甘甜的河水，你没有到酒乡，可能已经在空气里淡淡的酒香中，感受到了乌苏酒街厚重的沉淀。来到酒街，好客的乌苏人会带你参观西北啤酒最大的微机架式发酵制曲中心，一台台微电脑温控机闪烁不停，自动调湿控温，日夜呵护着数万块曲坯，一块块曲坯线条整齐，细润光滑，拿起一块存放多日的陈曲细细一闻，酒曲香味浓郁，行内有此说法：曲是酒的筋骨，酒香由曲而成。

乌苏酒街应该是一个有故事的地方。它在乌苏的云朵之间穿行，它感觉云朵每时每刻都在自己的眼前飘荡，这些是属于乌苏酒街文化的。

在乌苏酒街，我发现，它的占地面积虽大，却不足一户庄园。

我曾经在乌苏待过一段时间，原以为在这里会发现自己阔别多年的好友，哪知道，走进每一条小巷，向小得像自己故乡山坡上的小学教室一样的单位打听，却没有人知道我的许多朋友身在何处。

一个人独行于酒街，我认为，酒街就是我灵魂的知己，是我生命的另一种存在形式。

如果大海枯了，还有一朵云，那就是我走过乌苏酒街所留下的一点感思！我有时常常这样想。到那时，自己一定能听见一个苍老的声音为我纵情歌唱——

不是秋天的季节，却让每一个置身于乌苏酒街的人懂得了成熟的含义……如果说，中国的文化创新是一片田园，已经成熟了十片，那么，有一片必然是属于乌苏酒街的！

当我再一次回过头去，眺望那些映入眼帘中的街巷，我想起了一位哲人说过的话："一辈子，不会是一途平坦。但不管遇上什么风浪，不要泄气，记着，希望总在等待我们。"

好一条乌苏的酒街，人生的际遇，应该有这么一条街！

仰望黑山头

在博尔塔拉蒙古自治州精河县东南，有座长约2000米的小山，其最高处不过百米，被当地人称为黑山头。

之所以被称为"黑山头"，听说皆因满山都是黑褐色的大石头，且寸草不生所致。山上终年没有积雪，即使冬天雪落到山上也即刻融化，融化后不会留下水的痕迹。山脚下稀稀疏疏地生长着一些蓬刺和荆棘，显得寂寞、孤独。

据说，黑山头上的石头很奇怪，一般呈规则的长方体，常被当地人用来修建房屋。山顶上的石头则较小，呈片状，均不同程度地侧立着。

2013年10月16日，我在精河县文联主席陈晓波、地震局局长齐建的陪同下，来到了黑山头。

登上山来才知道，这片看似平常的丘陵和低山，却别有洞天。

早些年，一些精河的朋友多次给我推介过这里，我总是推说自己很忙，而与之擦肩而过。后来，我发现这个所谓的"忙"字，拆开一看，原来是"心"已"亡"意思，我不敢再说自己"忙"了。我想，是不是匆匆地错过的，都是最美的风景？让心平静以后再走，也许会与灵魂相伴，走得更远！

我相信我和黑山头今生一定有缘。

因为世间最说不清楚的，就是一个“缘”字。没有它，人和物就不能相遇；没有它，男女之间更不可能相爱。百年修得同船渡，千年修得共枕眠。如此说来，我和黑山头的缘分算得上有百年了吧！

从精河河道到黑山头，乃至到更远的天山支脉婆罗科努山北麓，坐落着一个个生息繁衍的村庄，这些村庄和精河一样，已经在这里矗立了很多年，可能将来还要一直永远矗立下去。

一道道潺潺流水的河，像一道道蓝中带绿的彩带，飘向天外，很优雅、很闲适的样子。

于是，大地、村庄、河流的头顶上，便显现出一种辽阔和深远。

当向阳的河畔上布满了毛茸茸的黄，深秋已经到了。天，逐渐冷了下来。但那是一种温暖的冷，绿草和花木仍然穿着五颜六色的裙裾，在有水的地方快乐地起舞。

精河的高贵，在于它拥有两岸丰腴的同时，把金黄做成了秋天的色彩之王。而黑山头，在静寂无声的原野上，却更像一首寒冷的诗。它站在离精河不远处，背离一片村庄的沦落，向着另一片城市的崛起。

黑山头位于精河县城东北约8公里处，地理坐标为东经82º59′，北纬44º38′，海拔420米，山体高约21米。北为312国道，南为奎屯—赛里木湖高速公路，西为精河县城，东距火车站8公里左右形成，简单的道路网，是国家AA级景区，也是当地的国防教育基地。

因地形环境特点，黑山头自古就成为重要的驿站和交通要道。从地理位置上看，这块高地的对面，是上千平方公里的艾比湖；背倚崎岖高耸上百公里的天山支脉婆罗科努山；东西方向只有中间这条狭窄的道路可以通行，是当时伊犁及博尔塔拉蒙古自治州通往乌鲁木齐方向唯一的道路，其战略位置紧紧卡住了新疆东西贯通的喉部，是20世纪60—70

年代修建的对苏联作战的第二道防线。当时艾比湖水域丰盈，面积达到1200多平方公里，湖面已经漫溢到距离黑山头不足两公里的地域，加上湖面延伸的沼泽，使这里可以通行的路面，实际宽度不超过1000米，黑山头成为整个新疆唯一有险可守的地方。

黑山头的存在，有如一把高悬的达摩克利斯之剑，不一定要试它的锋芒，仅此扼守，便可令对手望而生畏。

险关既是男人的勇气，亦是男人心中的美女，是男人活下去的理由。她眸瞬秋波，吐气若兰，轻舞如诗，巧笑如画，你即使闭上眼睛，也知道那缕缕香风来自何处。

站在山顶眺望，精河全貌、312国道、第二座亚欧大陆桥、艾比湖、婆罗科努山脉等尽收眼底。

黑山头作为国防教育基地和地震科普教育基地，精河县根据其旅游资源类型、距离、空间、配置和内在的联系，在这里着力打造了具有区域特色的地下展厅、国防教育基地、休闲餐饮广场等三个旅游景点。

2006年8月24日，精河敖包景区与精河县黑山头国防教育基地建成并开园迎客。

精河敖包景区位于312国道旁，包括平安敖包、东归广场等建筑。东归广场上矗立着3米高的渥巴锡铜像，广场北侧建有25米长的弧形浮雕墙。浮雕墙以其简洁的画面，展现了1771年蒙古土尔扈特部不堪沙俄压迫，在首领渥巴锡的率领下，17万人毅然踏上东归征程，最终仅有7万人回归祖国的伟大历程。该景区占地面积205亩，集中展现了精河县民俗文化、人文地理和自然景观。

黑山头国防教育基地总投资260万元，利用原黑山头军事工程改建而成，始建于2006年3月，设有国防教育展区、训练场等多项设施。其中，国防教育展区是基地的重要组成部分，面积约600平方米，保留了这个要塞的原始风貌，内设蓄水池、瞭望口、通风口和居住室。展区通过图文、实物、模型和影像，展示了人民解放军从无到有、由小到大的发展历程及精河县的"双拥"共建成果。

九月的秋风拂过我的面颊，站在黑山头上，我隐隐约约感到，有一双手，在拉着我前行，如同一缕阳光，静静地跃过地平线，在霞光的烘托下，照亮了眼前的薄云。那双手，就那么安静地执着我，它让我感觉到了一种来自地脉深处的震撼。

看着那些深不见底的黑洞和坑道，我倒吸了一口凉气。在挖掘手段还相当原始、基本上全部靠人拉肩扛的方式，挖掘出来的这些掩体，让我体会到了一种伟大和崇高。一滴泪，从我的眼眶中溢出，虽然很快就被风干，但它不再像单纯的液体，而变成了一团炽热而黏稠的东西，在心里涌荡：眼前，那种真正源于心底的大爱，从看不见的胸腔里涌出的民族和国家情怀，令人情不自禁地仰望！

虽然，这些，已经成为经年的往事，但我依然能感受到那个并不平静的年代，军人们所担当的职守和责任，也正是在黑山头这片旷远的凄冷中，他们的灵魂始终在坚守着自己朴素的精神家园。在这里，那股来自底蕴的爱国情结，恰似一盏永不熄灭的希望之灯，始终亮着，照彻并温暖了我。

而如今呢？曾经的理想，正在被现实主义所替代，继而变成功利主义和投机主义……

近年来，精河县正在按照自己"改善生态环境，打造宜居城市"的发展思路，通过实施"三北"防护林、公益林保护、退耕还林等林业重点工程，逐渐将黑山头建成为一个多层次、多功能、多类型的生态防护体系。

据了解，黑山头地处阿拉山口大风口，每当大风经过黑山头区域时，精河县就会出现沙暴和浮尘天气，不仅影响精河人的生产和生活，同时也造成了大量的土地资源流失。

深秋的午后，我们攀缘至黑山头的山脊上，当行至一处断崖时，我发现地面散落和堆积着一层层细沙和粉尘。断崖的下处，便是已经成林的防护林体系。那些即将在秋风中脱离母干的叶片，在走向死亡的一瞬间，仍然披着美丽的盛装，以舞者的姿态，在做一次神圣的涅槃，为大地奉上一曲无声的颂歌，这于悲壮之中，又显现出另一种无私和付出。如此，我唯有深叹如岁月一般的沉默与感慨。

秋天去了，冬天来了，春去秋来，四季罔替。

多少岁月，被雨打风吹去。

万古寂寞，在每一个愁绝的薄暮或静夜，我听见远远的天风送来母亲含泪的低唤。

只有黑山头，站在精河一隅，在地久天长地执着相守。我无言地伫立，在天地之间明证一种坚贞，展示一种情怀。

除了这黑山头，这精河，还有什么承受得起那爱国重于爱家情怀的重量？

因为有爱，黑山头站成了天地间最神奇的风景。

走进要塞，那一道道用钢筋水泥浇筑的永久性掩体里，留着的一个个射击孔，就像一连串岁月的省略号。时空隧道开始引领着我，向着更深的时间走去。此时此刻，我不知道自己身在何世、何时、何地，遥遥的往昔被飞快地拉近了，那么多纷纷攘攘的血与火、盛与衰、生与死、爱与恨，如江水奔腾而至又汹涌而去，最后，一切都交还于拍岸的涛声。

历史太沉重了，欲言又止，欲说还休，无法倾诉，只留数声长叹。万千秘密，皆由山峦中那一眼眼因人的意志而开凿出的洞隧，而成为坐标与碑石。从中，我于那几十年遗留的无语中，静默地解读出了这样一个道理：一个能够在根本不可能有路的绝境中辟出路来的民族，是不死的。

1963年，黑山头军事要塞开始建造，1972年基本完工。军事区总面积约为3.7平方公里，分为南北两部分：南部为指挥区，大型坑道较多，用以屯兵、藏粮、储存弹药和召开军事会议，较大的7号坑道，长约120米；北部为作战区，微波塔下4号坑道长为100米，附近小型坑道较多，是进入实战状态的防御工事，可以以营、连的建制单位投入战斗。

直到现在，黑山头区域仍然是军事管理区，为了将这里开辟成国防教育基地，精河县委、县政府专门以书面的申请方式，层层报至原兰州军区，终获批准，同意将北山的1号和3号两个坑道开发开放。根据设计，1号洞建设成为国防教育基地，3号洞开发成休闲餐饮广场。

人生几十年，我很看重灵魂的归宿。我不神往天国的缥缈，也难以忍受黄土下的黑暗与寂寞。我要让精神到达一个高处，那里，可以超脱尘埃，更加接近纯净的月色和星空，因为我相信，唯有高处的灵魂才更洁净。

黑山头，一处普通的存在，一处曾经扬满风尘、弥漫风沙的丘陵山峦，却能够让久远的芬芳飘逸不散，把原本凝重的历史浸染得如此风情婉约；那一段段延伸的境界，如溪水的流韵，穿越岁月烟云，萦绕千年。

乡愁在塞外的梦中醒了，片片碎去，历史在清澈的精河中一直走着，它知道，这些随水流走的记忆，还会有谁能记住它们？但是，它们应该被记住！在这里，美是不朽的，在精河的河里，在时空里，也在诗里、画里，和人们的心里。

　　黑山头，如今独守着一方空蒙，望尽天涯路，它站在城市之外，站在喧嚣之外，淡然得仿佛只剩下了一杯清茶、一盅薄酒接风待客。它拥有的那些洞隧，那些坑道，好像与物欲横流的现实一下隔了若干光年。彼此心灵的距离，不远，却有着一道无形的墙，无法逾越，无法穿透。

　　仰望黑山头，让我于生命的行走中，心，得以驻足。

走在时间深处

我一直不知道在生命的长河中，到底能走多远。但我知道，如果离开城市，离开喧嚣的人群，我可能会活得更长一些。

已经是初夏，几位朋友劝我走出户外，去呼吸一下山里的空气，说这样可能会对我的健康有益，我欣然应允。要去的大山名叫石人沟，很偏僻，少有人往。

汽车在距离乌鲁木齐市很远的郊区停了下来，一群来自城市不同角落、甚至不知道彼此之间是谁的旅友们聚在了一起。

前方，那纵深延续的方向，就是我们要去的地方。山脊顶端已经盖上了一层浅浅的草甸，像少女牵着绿色的裙裾在痴情中轻轻地着彩。红色的山峦，被时间在历史的瞬间猛然掀起，又猝然摔落，割裂出一段高高隆起的灰黄色的长城，在朝阳中垂着泪。地壳运动让几千年的辉煌在顷刻之间完成了自身的塑造，然后跌倒在我的眼前。

沟谷，在一座我们自己命名为两片山的地貌旁被劈裂成两半，河流在山腰上锯开了一道豁口，然后奔泻而下。河在山川之中缓缓地流着，空谷传响，声如洪钟，音鸣久绝。像是一粒洞穿历史的红尘，一路踏歌而来。

山是青色的，其间长满了冬青、紫藤和野蔷薇，间或也有零星的几株槐树在风中摇曳，很随意很闲情的样子。槐树多长在险峻的阴坡处，完全靠吸纳自然降水和一年一度冬天雪被的滋润。我真不敢相信，在如此的环境中，它们是怎样生存下来的。

天，蓝得耀眼，几朵白云悠闲地骑在山巅上，将自己的长发梳理成轻如蝉翼的飘带，把漫卷的发丝织成一束一束随风曼舞的云烟，就那么安恬地在空中飘着，偶尔也抖落些雨滴，轻轻地洒在那些蓊郁之上，让人的情思顷刻之间一下子飞了很远。

山上的植被是自然生长的，虽然散乱却有序。它们密密挨挨地相拥在一起，根紧紧地扎入山体，头颅昂首向上，尽可能地拉近与阳光的距离。它们无论什么品种，身体上几乎都着上了统一的保护层：针叶和刺，那是为防止水分过快挥发而形成的。

漫山遍野的羊群，恰似一朵朵白云，游移在如海的绿色苍茫之中，在每一条山梁上踩出了一条条瘦瘦的小道。山的陡崖处，一只长着很长犄角的山羊四肢立于崖的角峰上，像一个卫士；它四周的山野上，长满了野生的蘑菇圈。蘑菇圈在菌草里，植被旁，沟谷间，呈现着一圈一圈的白，白得夺目，白得不断有阵阵香味袭来。

那是一个雨后的晴天，天空异常高远，蓝天把大把大把的空阔染成了一片博大的深沉，让那透亮一直伸到人的身体里去。到处都是明媚的气象，到处都洋溢着生命的激情。我仿佛一直走在太阳的光辉里，感受着明亮亮地光芒把群山照亮。耳边拂动的暖风把发鬓轻轻吹起，沁人心脾的气息里，顿时让我闻到了久违了的母亲的体香。脚底下的瘴气和着山的雾岚正在徐徐下沉，俄而就击碎了方才还积郁于城市上空的阴霾，周遭立刻变成了一尘不染的绿色的海。

此情此景，几乎所有的人都屏住了呼吸，只是相互凝望了一眼，甚至没有一句语言，便争先恐后地向闪着白光的蘑菇圈射了过去。

生命和成长在这里被赋予了新的内涵。

据药典考证，蘑菇是一种极具灵性的东西，它寄生于山野之中，经日光月华之沐浴，受雨露清泉之滋润，自然传菌，并受特殊气候影响生长而成，具有滋阴壮阳，补血提气，香味浓郁，营养丰富之特点，将之与肉一起炖，鲜美可口。这些沉甸甸的收获被置入锅中野炊，溢出的香气便四散开来。

大伙围坐在一起，所有的人脸上都漾着光，让走了很远的真诚重新走了回来，经年的往事顿时随着沸腾的炊烟，在我心底被重重地翻烙了一下，又一下。回忆，便在我的脑海里开了锅。那是一些没有任何欲望的眼神，没有被任何利益所驱动过的心情。

很久没有找回这种感觉了。

就如山间凌空的太阳，每天都在认真地梳理着生命的过程。无论春意盎然，无论绿叶护夏，无论秋风低回，无论冬雪覆路，它心依然，始终按照自己的思想，周而复始地重复着岁月的歌谣。它无须去看别人的目光，无须去在意任何一个眼神，它不是别人，它就是它自己，它有自己生存的模式和方式，最终，它把日子过成了经典。

上得山来，散乱的片石挤压着我的脚掌，如同年轮锋利的碎片切割着我的记忆。

按当地地理方志记载，我们所到的地方是天山的余脉。天山在世界上大的山系中，属于年轻的山脉。尽管年轻，岁月却在上面留下了刀砍斧剁的刻痕。几次地壳运动，加之岩浆喷发和地震，把整个山体蹂躏得千疮百孔，让人看了触目惊心。绵延的山脉几经断裂，几经剥蚀，又几经重生。它们在忍受着灵与肉折磨的同时，还要饱受天地之火的煎熬和四季风的鼓吹和鞭打，但它们却无言，语言在这里被锤炼成了坚强的身躯，意志在这里被铸成了不朽。这需要怎样的耐力和忍性？

山的断裂带，脊梁被砸断，胸膛被撕开，但连着筋骨的地方，仍然不屈不挠地长出了新的植被，植被又坚强地把山色染绿，继而把所有的绿色连成了一片。

有人说，这些隆起的山脊像长城；也有人说，那些低洼下去的山谷更像已经读旧了的一座久远的古堡。

我认为，他们说得对，也不对。我们每个人现在看到的，只是生活不同的侧面。

行走在时间深处，所走过的路留给我们的，就是断章和残篇。如果要对接，需要智慧，更需要伤筋断骨的勇气。书写历史是一个寂寞的人遭遇陌生的孤单，就像司马迁，虽遭凌辱的宫刑而仍能持之以恒。所以越凡离俗的行动都需要勇气。可仅有勇气还不够，需坚韧，有了坚韧还不够，需耐寞的心性。

翻越山巅，身处极顶，我的视野迅速地和天际连在了一起，要去的石人沟就在我的脚下。举目远眺，蓝天、白云、群峰、雪杉气势磅礴地站在一起，把所有的压抑和郁闷顷刻之间荡涤得荡然无存。

一切都在极远处。

那一天，时间告诉我：活得长与不长，并不重要；关键是在时空中活着。

第三辑

明月出天山

相约罗布泊

难得清闲。

记得少时读过一则短篇，言曰某景色之地，一位老者斜躺于渔舟内，独赏落日。一位过客心生好奇，问之：时光正好，何不多下几网？老者反问：然后呢？过客答：有了钱和时间，你就可以天天躺于此处赏日了。老者笑而答道：你以为我现在做何事？过客于是蓦然领悟。

大文豪林语堂论及幸福，十分推崇"闲适"。我想，前文中的那位老者，之所以悠闲，一定是在付出了多年之后，才得以那一刻的闲适。因此，我敢说，他肯定懂得生活。

一直以来，人们奉行"时不空过，路不空行"。最后，给自己戴上了一具枷锁。

我是向往闲适的。就像闲云野鹤，于云游间，独善其身，兼济天下。

与朋友相约罗布泊，让我感到，闲适，是行走中的客栈，是跋涉后的放松，更是一种境界，一种哲学，如山的自在，水的从容。

罗布泊，古称盐泽，又名罗布淖尔，系蒙古语音译名，意为多水汇集之湖。先秦地理名著《山海经》称之为"幼泽"。位于新疆哈密市400公里处，是中国新疆塔里木盆地东边、若羌县以北的一个已经干涸的咸水湖。

历史上，罗布泊的水源主要来自塔里木河、孔雀河、车尔臣河和米兰河等河流，它的最大面积，曾经达到5350平方公里。据1928年的测量数据显示，罗布泊当时的面积为3100平方公里，是中国第二大内陆湖，当时仅次于青海省的青海湖。20世纪60年代，因塔里木河下游来水量逐年减少，致使罗布泊断流，1972年底，彻底干涸。

古罗布泊诞生于第三纪末、第四纪初，距今已有200万年，面积约2万平方公里。

汉代，罗布泊"广袤三百里，其水亭居，冬夏不增减"，它的丰盈，使人猜测它"潜行地下，南也积石为中国河也"。

到了公元4世纪，曾经是"水大波深必汛"的罗布泊，到了要用法令限制用水的艰难境地。

据清代《河源纪略》卷九中载："罗布淖尔为西域巨泽，在西域近东偏北，合受偏西众山水，共六七支，绵地五千，经流四千五百里，其余沙碛限隔，潜伏不见者不算。以山势揆之，回环纤折无不趋归淖尔，淖尔东西二面百余里，南北百余里，冬夏不盈不缩……"清代末叶，罗布泊水涨时，仅剩"东西长八九十里，南北宽二三里或一二里不等"，成了区区一个小湖。

罗布泊曾经是一个人口众多、颇具规模的古代楼兰城邦。公元前126年，张骞出使西域归来，向汉武帝上书："楼兰，师邑有城郭，临盐泽"。它成为闻名中外的丝绸之路南支的咽喉门户。

曾几何时，繁华兴盛的楼兰，在岁月的长河中，竟消失得这样无声无息；盛极一时的丝绸之路南道，也由此变成了黄沙漫漫、裹足难行的艰险之途；烟波浩渺的罗布泊，成了一片干涸的盐泽。

如今，从空中俯瞰罗布泊，就是由一圈一圈的盐壳组成的荒漠，是活生生的湖泊死亡之地！

对于罗布泊，我一点儿也不陌生。童年时，我随着父亲修建库尔勒至若羌公路，进驻塔里木盆地，那儿，离罗布泊不远。那时，听父亲说起一个叫黄文弼的人，据说他在1930年曾两度前往罗布泊，是第一个在罗布泊实地科考的中国考古学家。他在那儿发现了70多枚汉文木简，其中有四枚写有西汉纪年，他将此地命名为"土垠"。1964年10月6日，中国在罗布泊成功试爆了第一颗原子弹，由此奠定了中国的有核国家的地位。

刚参加工作那一年，单位把我安排去了罗布泊一处名叫哈迪勒克的淘金工地。

安营扎寨、炊烟升起，我的视野里，除了苍茫的地平线，就是一望无垠的沙漠、沙丘和沙梁。没有枯藤当风摇摆，也没有昏鸦飞过、瘦马踯躅。博大和空灵，在这里把许多人生的话题用一种辽远、空旷、寂寞的方式表达得凝重、大气、尖利而深刻。一览无余的戈壁原野，没有留下一点儿关于湖泊的记忆，它带给人的，除了诸多遐想的残片，甚至雪山、绿树、草原、流水……什么也没有，空荡荡的如同一页页残篇断章……

一阵马蹄飞过，一位剽悍的大汉在我们宿营的不远处，把辔头紧紧拉起，马蹄凌空而起，一声长啸，裹起一股沙尘，马和人已经狂奔而去。

我们住的地方，是那种用推土机在两座丘陵的低洼处推出的槽子上方，用青杨木搭成的土屋。这些土屋孤零零地坐落在砾石广布的沙漠之中，把风沙堵在了门外。离房屋不远，有一处被水经年冲刷而成的凹陷下去的河谷，河谷里流淌着一汪清亮亮的水。

每天，太阳才刚刚露出头顶，支立在山脚下那几架土制的淘金机就

"咔嚓咔嚓"地转了起来。由此，山的脊梁上，沙丘的隆起部，晃晃悠悠走来的驼队驮着金沙，沿着山脊，走成了一条弯弯曲曲的蚯蚓。

秋天的丰腴就像一个刚生完孩子的女人，它轻轻地从脸上走过，总是带着一股甜甜的奶味。

虽然已是九月，但暑气还是没有褪尽，我们只能脱去上衣，光着脊梁，面朝黄土背朝天地挥汗如雨，费力地在每个山冈上分层面地垂直向下挖着淘金坑。然后再用骆驼把每一个层面上取出的沙样，驮到山脚下的河床边，倒入淘金机筛淘。金子这东西很有意思，它的比重很大，经过水的淘洗，再大的石块也会被冲了去，再小的金子却能保存于金箔之中。那是含量极微弱的一种沙金，稍不留神，打翻了金箔，就算前功尽弃了。

我们正干得起劲，天空上猛地响起了一个炸雷，那炸雷把西天的几缕红霞立刻染成了墨黑色，紧接着，瓢泼大雨不期而至。

忽然，随着"哗啦啦"一阵瀑布般的爆响，泥石流从山体旁汹涌而下，一块形态神异的怪石滑过泥石流的表层，越过垮塌的烂泥，跟着水流，快速地向着低处流去。那怪石偶尔也露出一丝淡淡的羊脂白。我眼见着那块怪石滑着滑着，悠然而逝。便奋力地从淤泥里拔出脚来，寻踪过去，在泥石流已经停止下来的地方，把手插进了泥石里 …… 我的手，被泥石刮出了好几道口子，滴着血，凝成了一团不褪的嫣红。

摸着了，终于摸着了！当我的双手从泥石流中拨出来，手上已经握起了一块沾满污泥却呈现着浅浅青白色的怪石。我用衣袖细细擦去上面的污浊，仔细端详了一会儿，便欣喜若狂了：原来，这是一块重量和成色都十足的青白玉籽料！

我把这块玉石小心翼翼地装入怀中。

"看样子，这个地方我不可能再待下去了！"我想，"不过，我一定还会回来的。"

岁月像一条河，静静地流在仲秋的风里。

从那以后，在我深深浅浅行走的脚印里，就留下了许多对玉石孜孜以求的牵挂。

已经记不清那是一个什么日子，朋友邀约我一同前往罗布泊，我欣然应允。

阳春三月，春天的脚步在旷古的荒原上仍姗姗来迟。我们搭乘的"战神"越野车寂寞地在戈壁上踯躅前行，奔向距鄯善县城400公里远的罗布泊。

车从县城出发时，我们并未感到寒冷。车驶出郊外，在丘陵和山野上沿山路盘旋而上，风裹着细尘沙石从有雪的山岭上刮来，敲击着车玻璃咣啷作响。

我们要去的地方，就坐落在这片渺无人烟的旷野上。在依然能感受到阴冷的初春里，我看到了这片土地上用自然的力量营造出的一个朴素的家园：所有的沟谷、丘陵和山川，几乎都带着倔强的微笑，坦然地面对着一切艰难，它们以战士的姿态，以最亲近的方式拥抱着大地，极像在书写着生命极致的史诗。无论眼前还是远方，都如同一片刚刚被翻耕过的土地，显得无垠而又苍凉。

这就是干涸了40多年的罗布泊？这就是罗布泊的湖底和湖心？

灼热的季风一阵又一阵地刮过空旷的戈壁，遍地的黑石头像是被烤焦了的馒头。这里除了飘忽的季风，几乎生命绝迹。

在一处大理石的开采场，我于昏黄惨白的天地间，看见了一滴滴渐渐汇集起来的水珠出现在石壁的一侧。它欲滴未滴，散发着纯洁高贵的光泽。然而，这水却是不能饮用的，它苦而涩，带着一种长久积淀的硝石的味道。

在罗布泊，近年来开了不少矿，但生活用水及蔬菜、粮食全靠外界拉运供给。生活在这里的矿工们，有时一连几个月都不能回家团聚。在这条运输线上跑车的司机，谈辛苦他们不惧，最担心的，就是车辆抛锚。

据当地的一位朋友介绍：在罗布泊，冒险是常有的事。有一次，他驾车从矿上返回鄯善，途中不慎将汽车发动机颠掉，他只好用钢丝绳将发动机五花大绑于汽车底盘上，才勉强将汽车开回了县城。还有一次，他的车坏在了半路，一直修到傍晚，几近绝望。正巧碰到一辆拉运矿石的卡车司机出手相助，才得以脱险。

孤独和寂寞，常常伴随着这些长期生活在罗布泊地下矿山的人们。尽管如此，他们的心中依然充满了对荒原戈壁的无限深情，他们坚信，自己是戈壁荒山永远的朋友。在这里，他们始终幻想着健劲的草，坚韧的树，柔润的风，无边的绿色和浓烈的生命力。

在罗布泊，我有幸受邀下到了深达160米的矿井之下。在这地层的深处，我抬头仰望天井，觉得那井口只有指甲盖般大小。矿井四周的岩壁，为防止滑坡，均做过悉心的喷浆处理。每一道矿带采集层，都设有取样点和站立平台。井壁垂直而下，到了160米的地底，便平行着打出了两条巷道，一条用来出渣，另一条用于采矿。巷道内漆黑异常，全靠悬挂在崖壁上的灯泡采光。过道中同时还安装有一条大气囊，用于抽排巷道内因放炮而滞留下来的烟尘。风枪打凿需要用水，矿工们因地制宜利用收集来的巷道底部积水，修建了一个小小的水池。

攀出矿井后，几个矿工硬拉着我去拍戈壁日出。

黎明时分，我们伫立在井架下那片被废弃的矿石堆砌而成的山坡上，翘首远望。

空气被净化得格外透明，无边的黑色石砾和戈壁在晨曦中，逐渐变得清晰起来。朝霞冲破黎明的暗雾，捧着一轮红日冉冉上升，那光轮开始很大、很红，随着一寸寸、一分分地缓缓爬升，不一会儿工夫，那猩红猩红的强光便从天际喷射出来，将东方烧成一片殷红，将青山和戈壁染成了血色，把铁水般的赤焰倾泻到了无垠广阔的瀚海之中。

我惊叹于这片土地的美丽：湛蓝的天空下，那平坦如砥且有着水晶般澄澈、明镜般剔透的海市蜃楼，一下子震撼了我的双眼。眼前这片流动的水镜，完美地还原着内陆湖盆上一切美丽的细节，包括山脊上岁月切割的痕迹。

走近罗布泊，奔放热烈的微风扑面而来，夹带着的细小粉尘，悄然拂过我的脸。于是，我的感觉里，除了融进一种迷醉的恍惚，似乎一切已经荡然无存。

愈往深处，与丘陵渐行渐远，这时的罗布泊腹地，恰似一幅自然画卷徐徐展开。大地如同浩瀚的妆镜，天空恰似白云的驿站，碎石、沙砾、戈壁、远山，静静地躺在蓝天之下，心无旁骛，一副悠然自得的样子。

这时，无论我们驱车向深处走了多远，每一个角度，每一次前望或回首，都是一个不一样的惊喜。罗布泊让我压抑了几十年的心胸，顷刻间舒展开来，让我从此梦回天堂。

车进罗中，沟沟壑壑的山梁和坡地上像忽然洞开的一处世外桃源，巨大的钾盐基地赫然出现在我的眼前，山脚下，有潺潺的细流；山坡上，新栽不久的绿色植被，写意自如地铺卷而开，山坡起伏相连，雪山一路蜿蜒而来。

天山伸长的雪，高原图腾的龙，就那么自然地站在了我的眼前，让我的心灵和灵魂仿佛点燃的灯火盘踞于荒野，让我的思想在雪打的日子里，一遍又一遍犁遍岁月的忧伤。

罗布泊在180—250万年，曾经是一个很深的淡水湖。意大利商人马可·波罗，俄国探险家普尔热瓦尔斯基，瑞典地理学家斯文·赫定，美国的哥丁顿，英国的斯坦因，日本的桔瑞超和法国的邦瓦洛等人，都不远万里来到中国对此进行过悉心的考察。其中，中国科学家在这里发现的湖泊沉积物，是一段长达60米的以青灰色为主的淤泥。据了解，只有在湖水很深，湖底处于缺氧环境时，淤泥才会发青。科考队还在160米以下的地层深处，发现了一些螺壳。这一发现，表明当时的罗布泊还是一个淡水湖。实地考察证实，罗布泊是塔里木盆地的最低点和集流区，湖水不会倒流；入湖泥沙很少，干涸后变成了坚固的盐壳。对湖底沉积物通过年代测定和孢粉分析证明，罗布泊长期是塔里木盆地的汇水中心。

不能不说，人类活动对罗布泊的干涸，造成了巨大的负面影响。人们在这里砍树筑城，割苇编席，当年楼兰人在罗布泊边筑造的10多万平方米的楼兰古城，就是铁证。

楼兰古城正建立在当时水系发达的孔雀河下游三角洲，那里曾有长势繁茂的胡杨。胡杨是一个古老的树种，它的祖先远在1.39亿年前白垩纪就出现了。2500万年前，它的祖先就到达了天山山间盆地；1200万年前已遍及中亚、新疆和中国西北。

由于过度砍伐，目前在罗布泊尾闾——台特马湖附近，只剩下了一株株枯死的胡杨，在长空下凄凉哀歌。

我惊讶于罗布泊顽强的存在。一个已经被时空湮灭的湖泊，怎么就能够穿越过这么长的时间而存在下来，而且没有任何被人忘却的迹象？

这就是人们眼中神秘的罗布泊。但这些，绝不是罗布泊的全部。

　　土地，是人类最基本的家园！如果没有家园，很难想象，人类应该去哪里？

　　今天，面对罗布泊的一页沧桑，我们还能做什么呢？假如我们是铁匠，就应该为它准备几件精致的农具；假如我们是农民，就应该为它准备优质的种子。可是这里，一切都以一种缓慢的节奏，与时光融合在了一起，像是一条缓缓流动的河。

　　我想，正是有了坚如磐石的等待，罗布泊才没有走到最后一天，让一切归于消失，让自己成为人类一个令人伤心的地方；如果，时间的轮回让我们终究不能抛却一些欲望，那么，没有了警醒的人类，继罗布泊之后，生命的那盏灯也会很快灭了。

　　这，绝不是危言耸听！

明月出天山

我相信，新疆的博大、高远、宁静、秀丽，能够让所有来过的人，都能体会到生命的从容和超然。这里地处古丝绸之路上的交通要冲，曾经是汉唐王朝在西域政治、经济和文化的治所。

从公元前2世纪到公元14世纪，横贯东西的丝绸之路成为古代印度、希腊、波斯和中国四大文明相遇的通道。地处这个通道交汇点上的新疆，在本土文化的基础上，对东西方文化加以吸收和改造，孕育出了有着鲜明民族特征和地域特色的文化，曾对东西方文化交流、世界佛教文化和中国乐舞艺术乃至中华文明的发展做出过重大贡献。

位于南天山脚下的新疆龟兹，有着狄奥尼索斯式的乐舞艺术，有着堪比敦煌的石窟壁画，有着巧夺天工的纺织工艺，更有着海纳百川的民族文化心理。

新疆这片水土，高原神奇，雪域娇娆，山川多娇，风光独好。多种文化体系在这里交叉、碰撞、融合，形成了独特的文化底蕴和人文景观。

北京大学教授、著名的国学大师季羡林先生说："龟兹是古印度、希腊—罗马、波斯、汉唐文明在世界上唯一交汇的地方。"

世界知名历史学家汤因比，在回答有关"如果人有来世的话，您愿意出生在哪里"的问题时说："我愿意出生在新疆那个多民族、多种文化交汇的库车地区即龟兹故地。”

新疆分别与俄罗斯、哈萨克斯坦、蒙古、吉尔吉斯斯坦、塔吉克斯坦、巴基斯坦、阿富汗和印度八个国家接壤，是一个典型的边陲之地。

在我的印象里，新疆实在是太大、太远了，以至于我的每次远行，都和新疆有关。我需要不断地从先辈的精神里接住一盏盏递过来的生命之灯。对我而言，历史，虽然走远了，但却如一盏灯，始终亮着。

新疆的山水，以及虽小但很精致的村落，或者随意点缀在村中那些用干打垒或是草篱笆围着的土屋，在晨光和夕阳下，飘着的袅袅炊烟，与山色、溪流、田野和挑水的村妇、牧羊的孩童一起，营造着家园的温馨，释放着一种生命独有的暖意。

记得古希腊先哲赫拉克利特曾经说过：“灵魂的边界你是找不出来的，就是你走尽了每一条大路也找不出，灵魂的根源是那么深。”

但即使找不出，人类仍在不停地找，就像是一个“走下同一条河的人”，在那里不断遇到“新的水流”。

新疆北天山的秋色，是我在中国见到过的最真实的美丽。磅礴的山脉，宽阔的草原，哈萨克人的毡房，图瓦人的小木屋，灰蓝色的河水，层林尽染的秋叶，在时间的长河中掩映着季节的轮回。

早在唐朝，著名诗人李白便写下了《关山月》这首诗：“明月出天山，苍茫云海间。长风几万里，吹度玉门关。汉下白登道，胡窥青海湾。由来征战地，不见有人还。戍客望边色，思归多苦颜。高楼当此夜，叹息未应闲。”

明月，天山，云海，长风，边色，高楼……如果不是亲身登临，想必李白这首诗没有多少人能够读懂。苍茫的云海，尽管依然云卷云舒，然而却多了风骨，多了戍边卫士征战沙场的壮烈，多了一份“行到水穷处，坐看云起时"的恬淡与平静。

云在水里，又在山巅。关山月冷，大漠吹寒。这漫漫苦旅，把人生的境遇写在了苍茫风雪的落照里。

去往东天山，便是大漠连天一片沙的吐鄯托盆地（即吐鲁番、鄯善、托克逊地区）以及被誉为"死亡之海"的罗布泊。一望无垠的瀚海戈壁上，除了无尽的深邃和高远之外，剩下的，就是遍布于荒漠与戈壁的季节河，这些河在山川沟谷中交织成一片网。人的足迹，牲畜的蹄印，清晰而散乱地写在这一片片起伏的黄沙梁上。

风在这片土地上自由地穿梭、逗留，城市或者乡村，都如同用黄土烧成的红砖垒起的院落，在大地上随意点缀着零星的绿色。时光，恰似一条流动的河，在紧挨着赤色山丘的边缘，犁出岁月一道深深的记忆。

这里的秋季，被浓郁的荒凉笼罩着，你无法看出它的欢喜与悲伤。确切地说，这种感觉，让我触摸到了一首寒冷的诗。

面对苍凉，让我在无边的大漠上，比任何时候更加怀念劲健的草，坚韧的树，柔润的风，无边的绿色，浓烈的生命力。

清晨，无风，很静。

没有水的海，却有波浪。

忽然，在我视野的前方，一块晶莹剔透的石头映入了我的眼帘。那石头冰清玉洁，足有一个鸡蛋大小，置身于茫茫戈壁上，显得特立独行，与众不同。我迅速地跑了过去，小心翼翼地将它捧在了手中。大伙涌过来相互传看着，嘴里发出啧啧的赞叹声："没错，这就是我们要找的托帕石！"

"真的是托帕石……"人群中有人附和。

"我终于找着它了！"朋友无限感慨地说。

他告诉我："托帕石的矿物名称为黄玉或黄晶，英文称Topaz，是一种色彩迷人、漂亮又便宜的中档宝石。国际上许多国家定托帕石为'十一月诞生石'，是友情、友谊和友爱的象征。世界各地都有托帕石出产，最重要的宝石级托帕石产地是巴西的米纳斯吉拉斯州，斯里兰卡也是较重要的产地，主要为蓝色、绿色和无色。美国加利福尼亚州产蓝色和黄色的托帕石；中国的广东、新疆、云南等地也产大量无色的托帕石，经中子辐射，电子加速器轰击、钴-60照射及加热的方法处理，可以变成漂亮的天蓝色。"

为此，我专门写了一首诗，名曰《托帕石：黎明的阳光》：

挽一缕清风/浅握四季的轮回/收集一束黎明/装点梦的衣裳/因为最美红尘/有你相拥！

通往岁月的路上/青草不再生长/尽管已听不到花开的喧响/怀揣的希望/浓了春秋/淡了忧愁。

阳光沐浴的过程/为你深藏着一生一世的荣华/在天地的拐角/你的温情/被梳理成一幅/永远的雍容。

在时光的相逢中/你始终以一缕暖香/用微笑/牵动秋天/去馈赠每一个/路遇你的朋友！

一位哲人说过：上帝是公平的，它关上一扇门，必然为你打开一扇窗。

这是否应验了这位哲人的话？如此荒凉之地，竟然孕育出如此雍容华贵之物。

这，就是天山。

在新疆，有一句民俗，叫作"不到和田，不算到新疆。"自南天山西行逶迤至昆仑，便是和田。

到了和田，一定要去看两样东西：一个是喀喇昆仑山，一个冰雪覆盖的世界，它孕育了全世界半数以上的8000米高峰，素有"万山之祖"的美称。然而，生物学家称这里为"生命禁区"；地质学家又把这里划为"永冻层"……他们用不同的语言，下了一个共同的断语，人，不宜在喀喇昆仑山长期生活。但是，在这里，我却看到了常年驻守在喀喇昆仑山上的"神仙湾哨卡"。医学家说：对于这种奇异的现象，已经不能从医学的角度给予准确的解释。唯一能解释的，只能是"精神、意志和毅力。"

另一个就是和田玉。新疆的和田地区，因独特的地质构造，盛产玉石。和田玉色泽美丽，质地坚韧。早在殷商时期，玉的道德化、宗教化、政治化过程业已初步完成。《礼记》中，孔子赋予玉"十一德"，即仁、知、义、礼、乐、忠、信、天、地、德、道。东汉许慎在《说文解字》中提出玉有五德："玉，石之美者，有五德，润泽以温，仁之方也；理自外，可以知中，义之方也；其声舒扬，专以远闻，智之方也；不挠而折，勇之方也；锐廉而不忮，洁之方也。"实际上指的是玉的色泽、纹理、质地、硬度、韧性五个特性。

这一切，为人们尊玉、崇玉、爱玉、敬玉提供了强大的精神支柱，并直接影响到民间。和田玉温润细腻，历来被人们视为珍品。据历史文献记载和出土文物证明，至少在3000年前，和田玉就西出天山，输入中原。

入秋已经有些时间了，林间的落叶逐渐开始变黄。几个朋友约我去和田，我欣然应允。这次，我最大的收获就是得到了一块青玉石，形状像个满月，我至今一直把它收藏着。为了这块青玉，我还写了一首小诗《玉者，国之重器》聊作纪念：

　　当深山的眼泪／滚进河里／或者／千年历经的日月／把你牵进红尘／你的心路／便开始了炼狱般的洗礼。

　　心的水／是透天的明月／是静泊的恬淡／润玉于水／让生命的纯净／在这一刻／驻足。

　　走远的／是一份超然的境界／默默地停留／是为脚印留下一道／人生更鲜亮的风景！

　　眼前这块玉，按玉石专家的话说，品质属中上，算不上最好的玉。但我却喜欢。原因很简单：这是我数十次来到昆仑山，但却两次邂逅同一个上了年纪的采玉人。那块玉，正是那位老人相赠。遇着他的时候，他很兴奋，他一眼就认出了我。并且很执着地要留我吃午饭，言语中流露出不容商量的神采。他说完，即开始拿凳子，搬桌子，端菜盛饭……群山、阳光、草屋、老人以及热腾腾的饭菜，让我在喀喇昆仑山上实实在在地感受到了家的氛围。刚吃了几口，老人又说：慢点吃，我还有一瓶好酒呢！他说着就去了屋里，好半天出来了，一身的土，短短的平头上缠着许多的蛛丝。我接过酒瓶一看，是一瓶普通的"伊犁大曲"，上面蒙着厚厚的灰尘，再看标签背后的蓝色印章，这酒竟然在老人这儿已经储藏了整整 12 年……

　　这位采玉人守着一瓶酒等我一直等了 12 年，我再一次强烈地感到了他的等待！在老人那儿吃完饭，又喝老人汲来的山泉沏的野茶，直到天晚时老人才送我下山。临走前，老人执意要把那块玉送给我，说："玉要送给有缘人。送给你，就算是这块玉找到了它真正的主人。"那块玉是老人三年前从喀拉喀什河中捡到的，他一直没有舍得出手。下山的时候，他千叮咛万嘱咐，说是下次来的时候，一定提前打招呼，他亲自来接……"记着，我等你来！"那种真实和淳朴，让我至今记得。

里尔克名诗《献给俄耳甫斯的十四行诗》的最后两句这样写道："诉诸静止的大地，我流过去；告诉激荡的流水，我在这里。"

多年来，我一直都被一种信念牵着前行，虽然我并不知道前面的路还有多远。

几十年中，不管我走到哪里，不论是在城市还是乡村，我都不能忘记是新疆这片土地孕育和培养了我的信念和执着顽强的个性和品格。我坚信，一个能够在根本不可能有路的绝境中辟出路来的信念，是不死的。

人生的这种体验，让我在很多年后终于明白：对于未来，归于平淡和纯朴，是多么重要。如果再加上"明月出天山，苍茫云海间"这些山水的点缀，那么枯燥之中必然会增添一些晶莹之彩、芳香之味和清冽之韵，让我即使在漆黑之夜，心中也会亮起一盏不灭的灯。就如同一片森林撑开时，那一棵棵成长的树，那一树树绿荫，始终在庇护着一片片宁静的温馨，一片片悠远的爱意，一个个美丽的梦……

赛里木湖：梦开始的地方

风光秀美的赛里木湖，坐落于新疆博尔塔拉蒙古自治州博乐市境内，湖面呈椭圆形，海拔2073米，东西长约30公里，南北宽约25公里，周长90公里，水域面积455—460平方公里，最大水深92米，蓄水总量210亿立方米，是新疆海拔最高、面积最大的高山冷水湖，以其神奇的自然风光享誉海内外。

博乐，旧为准噶尔策妄阿拉布坦游牧地。在北疆地界，这个地方显得有些小气。城市不大，山也不高，还有点草原的影子，是一个典型的边陲之地。它位于新疆西北部，与哈萨克斯坦共和国接壤，边境线长达95公里，距离新疆首府乌鲁木齐市524公里，是闻名世界的亚欧大陆桥的西桥头堡，拥有国家一级开放口岸——阿拉山口口岸。

早在公元658年，唐朝中央政权就在这里设置了双河都督府，成为"丝绸之路"北道通往中亚和欧洲的重镇之一。市名源于博尔塔拉河名。博尔塔拉，为蒙古语，意为"银色的草原"。

赛里木湖除了周围一些小河注入外，主要靠地下水补给。由于所处位置较高，蒸发量较大，湖水矿化度为3克/升左右，略带咸味，属微咸湖。因其是大西洋的暖湿气流最后眷顾的地方，所以被称作"大西洋最后一滴眼泪"；亦称"天池""三台海子"，古称"西方净海"，本地居民称之为"海西"。蒙古语称"赛里木淖尔"，意为"山脊梁上的湖"；赛里木湖是哈萨克语，是"祝愿"的意思；因传说赛里木湖是由一对为爱殉情的年轻恋人的泪水汇集而成，亦被称为"天池和乳海"。

这里的湖滨水草丰茂，是优良的牧场。环湖气候湿润，年均降水量近400毫米，年均气温1.1℃，冬季较长，夏季凉爽，春秋相连。湖周植被草原和森林广布。云杉苍劲挺拔，层层叠叠，织成塔林。林荫之内，伴有桦林、花楸、山楂等树种；林下浅草平铺，野菇丛生；林中还栖息着马鹿、雪鸡、金雕、啄木鸟等异兽珍禽，湖中天鹅、斑头雁、白眉鸭等水禽畅游嬉戏。秀丽的景色和万千气象，把赛里木湖装点得婀娜多姿。

公元1221年，邱处机来到赛里木湖，触景生情写出了《长春真人西游记》："大池方圆二百里，雪山环之，倒映池中，名之曰天池"；清中叶洪高吉赞美赛里木湖为"净海"；清末文人宋伯鲁以"四山吞浩渺，一碧拭空明"的诗句，描绘了赛里木湖雄旷清澈的自然景观；诗人艾青在这里留下了这样的诗句："你宝石蓝的湖水/一见便教人心神荡"。乾隆二十八年，清政府将赛里木湖列入需每年举行祭典的名山大川。

由于丝绸之路北道经过赛里木湖，因此湖区文化遗存和底蕴十分丰厚，有岩画、乌孙国古墓群、寺庙遗址、敖包（鄂博）、碑刻、古代驿站等遗址。

在很久很久以前，赛里木湖曾经是一个盛开鲜花的美丽草原。草原上，一位叫切丹的姑娘与一位名叫雪得克的蒙古族青年男子彼此深深相爱，可是凶恶的魔鬼贪恋切丹的美色，将其抓入魔宫。切丹誓死不从，伺机逃出魔宫。在魔鬼们的追赶下，切丹被迫跳进一个深潭。当雪得克闻讯赶来施救时，发现切丹已经死去，他于万分悲痛中，也跳入潭中殉情而死。霎时，这对恋人的悲伤泪水，化成了赛里木湖。

走进赛里木湖，只见群山环绕，天水相映，四周重峦叠嶂，古木参天；峰回路转，云断桥连；万壑飞流，水声潺潺；湖边奇花铺径，别有洞天。隆冬季节，这里瑞雪飞舞，银装素裹，雪涌水凝，葱翠的苍松与洁白的雪被交相辉映，构成一派北国林海雪原的壮阔景色；春夏时节，湖畔广阔的草地上，牧草如茵，黄花遍地，牛羊如云，牧歌悠悠，毡房点点，构成一幅充满诗情画意的古丝路画卷，让人们充分领略到了回归自然的浪漫情怀与塞外民族文化的独特魅力。登临高处极目远望，日出、云海、远山、晚霞，云涛滚滚，气势恢宏，百里平川，如铺锦绣，令人心旷神怡，如入天堂之上，窥谷忘返。

赛里木湖形成于7000万年前的喜马拉雅造山运动时期，地质学称为"地堑湖"，有着重大的科学考察价值。这里的第四纪湖泊沉积，记录了西天山的地貌发育和古冰川作用的全部历史，反映了中国西北与中亚地区第四纪气候与环境的几个变化阶段，同时也为西北地区冰期与第四纪地层的划分提供了科学证据。

1989年，赛里木湖被新疆维吾尔自治区人民政府公布为省级旅游名胜景区；2004年2月，赛里木湖风景名胜区经国务院批准，列入第五批国家级风景名胜区名单。

1987年，赛里木湖中引进冷水性鱼类，目前已有16种之多，成为高山湖泊水产养殖实验基地，成为博尔塔拉蒙古自治州最大的水产基地和旅游重点区之一，高白鲑成为这里的特产。

为了保证赛里木湖的永续发展，新疆已经编制了赛里木湖开发详规，并积极申报其为世界自然遗产地。

赛里木湖如同一颗璀璨的蓝宝石，高悬于西天山之间的断陷盆地中，这里长期以来流传着湖怪、湖心风洞、旋涡与湖底磁场等传说，以及

"金缎镶边""科山观松""净海七彩""湖心情侣""激浪拥堤""绿海珍珠""乌孙古冢""富士东峙""赛湖跃金"和"松头雾瀑"赛里木湖十景，又给赛里木湖蒙上了一层极富想象力的神秘面纱。水秀山清和奇异景色，以及美丽的草原牧场上，羊群在绿草蓝天之间恰似天边移来的图案，成为每一个路过它身边的人们梦开始的地方！

卡拉麦里：生命的天堂

很早以前，在我的心里，卡拉麦里是一个遥不可及且神奇的地方。那里，蓝天、白云、远山、戈壁和草原融为一体，令人心驰神往。多少年来，一直牵动着我灵魂的渴望。

那是一个镶嵌在浩瀚大漠和茫茫戈壁之上的有蹄类自然保护区，地处东西走向的卡拉麦里山一带，地貌复杂，植被丰富，水源充足，人迹罕至，其范围北起乌伦古河、南至卡拉麦里南缘，西至古尔班通古特沙漠东缘，东至二台—奇台—木垒公路以西。地跨奇台、吉木莎尔、阜康、青河、富蕴、福海六县，总面积1.7万平方公里，保护区内有蒙新野驴、普氏野马、盘羊、鹅喉羚等珍稀动物。

今天，当我一脚踏入卡拉麦里，便在色彩斑斓的丘陵和黑色的卡拉麦里低山之间，看到了成群结队在千里戈壁上自由奔跑的野驴、鹅喉羚，以及漫山遍野的荒漠植被和众多的史前动植物化石。由此，这些真实的存在，给科学考察和旅游探险提供了重要的理论佐证。

特殊的生存环境，野生动物独特的生活方式，人类的很少涉足，使这里始终保持着原始的生态、自由奔放的空间 …… 神秘、辽阔、高远、博大，使卡拉麦里最终成了最适宜野生动物繁衍生息的"天堂"。如今，这里保护的主要对象 —— 蒙新野驴已发展到700余头，鹅喉羚已有1万余只。此外，野骆驼、普氏野马、盘羊、兔狲等各种"有蹄"的珍稀野生动物，以及红隼、金雕、大鸨、沙鸡等鸟类和沙蜥等爬行动物，也在这片土地上找到了自己栖息的乐园。

普氏野马的学名叫"普尔热瓦尔斯基马"，原产新疆，因俄罗斯探险家普尔热瓦尔斯基于1876年捕猎到欧洲后遂以其名命名。19世纪中后期，由于人类的捕杀和对其栖息地的破坏，在近一个世纪的时间里，野马的分布区急剧缩小，数量锐减，在自然界濒临灭绝。继蒙古国宣布野马灭绝后，我国境内对野马的最后一次观察记录，是在20世纪60年代。到20世纪70年代，野马在新疆销声匿迹。到1985年，分布于美、英、荷兰等112个国家和地区的存活野马也仅有700多匹，而且全部属于圈养和栏养。1986年8月14日，中国林业部和新疆组成专门机构，负责"野马还乡"工作，并在卡拉麦里建成了亚洲最大的野马饲养繁殖中心。随着18匹野马先后从英、美、德等国运回，野马故乡结束了无野马的历史。到2009年，保护区内野马已有200多匹。我国作为野马的故乡，一跃而成为世界上野马数量最多的国家。

2001年8月28日，新疆首次选定在卡拉麦里自然保护区一块2000平方公里的区域作为野马活动区，将人工饲养的27匹野马放归自然。

普氏野马呈统一的浅棕褐色，头大颈短，鬃毛短而硬，无下垂，性情凶悍，驰骋如飞，勇敢善斗。据说，一两只饿狼绝不是它的对手。

还没有完全进入冬天，卡拉麦里就已经大雪盈门，飞雪淹没了公路上的车轮和整个冬季。即使在寒风呼啸的日子里，这里的太阳也依旧高照，盛气凌人地将光芒写在了凛冽和苍茫之间。天空上，几只苍鹰在高傲地飞翔，引无数生灵在仰头观望，一望无垠的雪白，在这一刻，成为永恒。

据估算，在卡拉麦里自然保护区，鹅喉羚的平均分布密度为每平方公里1—1.5头，蒙古野驴的密度则在每平方公里0.5—0.8头。由于山体平缓，视野开阔，坐在车里，就可以欣赏到鹅喉羚漫步草间、蒙新野驴在山脊上列队行进的影子……

卡拉麦里山的东部是戈壁，西部属于古尔班通古特沙漠。有人说，卡拉麦里，是一座横亘于盆地荒漠中的山。来到这里才知道，与其说是山，不如说是一片隆起于盆地沙漠、戈壁上的丘陵更为合适。但这种地貌，在世界沙漠中却绝无仅有。

这里是鹅喉羚的主要分布区，这种国家二级保护动物，因雄羚在发情期喉部肥大，状如鹅喉，故得名"鹅喉羚"。鹅喉羚属典型的荒漠、半荒漠区域生存的动物，在中国分布于新疆、青海、内蒙古西部和甘肃等地，体形似黄羊，稍微显著一点的区别就是它的尾巴比黄羊长，所以又被称为"长尾黄羊"。它们平时常结成4—6头一起小群生活，秋季汇集成百余只开始大群迁移，有时还与野驴混群活动。

与此同时，卡拉麦里还是黄羊的家园。黄羊其实不是羊，而是羚的一种，又叫蒙古原羚。人们熟知的藏羚羊，学名是藏原羚，与鹅喉羚、大角斑羚等都属于羚羊的亚种。有专家指出，羚羊类的动物总共有86种，分属于11个族、32个属。其中，藏羚羊为我国特有动物，仅存于中国青藏高原的可可西里地区，是世界上生活在海拔最高地区的偶蹄类动物。

驱车进入保护区的核心区之后，没走多远，已经无路可行，只有两条自由飘逸的车辙伸向远方的天边。站在山峦中宽阔平坦的谷地上翘首远望，周遭一片沉寂，偶有一股纤弱的旋风突然拔地而起，在山坡上快速游移，继而又消失得无影无踪。这里没有一个人，更看不到任何动物的影子，完全没有想象中的那种野生动物随时出现、成群奔跑的景象。

卡拉麦里，以其自然之灵秀陶醉在自己的原野里。间或的色彩，不像是戈壁，更像是一片静静的海。挂在天空的太阳，明晃晃地俯视着大地，当我一次次地抬眼望去，它的神态里，立刻有了一种想要表达的欲望。像是遇见了一个久别的人，让自己的光亮一点点、一点点地铺洒下来，和着这光辉，和我约会。可是，我却担心，那始终流着精血的光芒，会不会把我烤成木乃伊？

可以说，卡拉麦里的沙漠戈壁，是有生命的，这里的蛮荒肯定伴随着这种力量。貌似干旱无雨的无人区，除了生长着大量的白刺、梭梭等灌木之外，同时还到处可见大黄、沙漠玫瑰等极具药用价值的植物。在稀疏的草原和草甸上，稍不留心，就会于干旱的沙漠中，见到一个个小小的湖泊形成的海子。走在沙漠戈壁间，亦常常能发现形态各异的风凌石、玛瑙以及各种化石、戈壁玉散落于沙滩之上，密密挨挨，晶莹剔透。

在这里，生命中的关怀始终犹如一盏灯，一直亮着。

特克斯：风水八卦城

新疆伊犁的特克斯县街道因八卦布局而闻名。整座城市呈放射状圆形，神奇迷离，路路相通，街街相连。其间浓郁的民俗风情、厚重的历史文化和秀美的自然风光令人难以呼吸，被誉为"天地交而万物通，上下交而万物同"的城市。

这个深居天山脚下的草原小城，继2001年入选了吉尼斯世界纪录、2007年被国务院命名为中国历史文化名城之后，还创下了诸多中国乃至世界之最：世界上最大、最完整的八卦城；世界上唯一的乌孙文化与易经文化交织的地方；中国最西边的八卦城和易经文化所在地；中国道家文化传播最西端的地方；中国古代有史以来第一位公主远嫁的地方；中国古代最大的赛马场——"汗草原"所在地；中国唯一用"乌孙"命名的山脉——乌孙山等。

西汉司马迁在《史记·大宛列传》中所记载的乌孙，即是现在的特克斯。其时，张骞出使西域，与乌孙王昆莫形成联盟共同牵制匈奴，从而减轻汉朝北部的威胁。年迈的昆莫认为同国力强盛而富有的汉朝联姻，也会使乌孙的繁荣得到保障，于是向汉武帝献上了1000多匹乌孙骏马。得到乌孙骏马后，汉武帝十分高兴，将乌孙马命名为"天马"。（后来汉武帝见大宛国进献的汗血马更为雄健，遂将乌孙马更名为"西极"，把"天马"改赐给了大宛马。）并把江都王刘建之女刘细君作为公主远嫁乌孙王。

细君公主是我国历史上第一位和亲公主。作为一个柔弱女子，她化干戈为玉帛，心系国家安危，为国家的民族团结和融合，为西域安定以及人民免遭涂炭做出了巨大贡献，被称为西汉与乌孙友好的和亲大使。

细君公主去世后，为继续巩固汉朝与乌孙的友好联盟，汉武帝把楚王刘戊的孙女解忧公主嫁到了乌孙。解忧公主深得乌孙人民爱戴，被尊称为"乌孙国母"。冯嫽是解忧公主的侍者，嫁给了乌孙右大将。冯嫽作为我国历史上第一位女外交家，她"尝持汉节为公主使"，不但亲自走访了附近一些国家，而且为巩固乌孙王权，还先后两次往返于长安与乌孙国之间，被当地人民尊称为"冯夫人"。至汉宣帝时，乌孙国已归属汉朝西域都护府管辖。

特克斯八卦城最早出现在南宋时期。道教全真七子之一、龙门派教主"长春真人"邱处机应成吉思汗的邀请，前往西域向大汗指教治国富民方略和长生不老之道。他用了三年时间西游天山，被途中的集山之刚气、川之柔顺、水之盛脉于一体的特克斯河谷所动。于是，他以这里作为"八卦城"的风水核心，确定了坎北、离南、震东、兑西四个方位。从此，这里就成了特克斯八卦城最原始的雏形。

历史的真实中总是暗含着一些巧合。700年后的1936年冬天，精通易理的盛世才的岳父邱宗浚调任伊犁屯垦使兼警备司令，他在踏勘特克斯时发现了这一雏形。当时这里是蒙古牧民的草场，西北方向有三条小河汇来，且多处常年喷涌泉水，牧草夏季茂盛，能长有一人多高，属水草丰茂之地。且地势开阔，四通八达，背靠连绵起伏、巍峨峻拔的乌孙山，前濒波涛奔涌、带水环回的特克斯河。

为此，邱宗浚亲自设计了八卦城图。于1938年开始动工兴建。县长请来俄罗斯专家帮助测量、打桩放线时，发现没有线绳，于是就指派专人从商铺中购来成捆的布匹，撕成布条，连接成长长的布条绳线，然后再用20头牛拉铧犁犁出了八卦城街道的图案。

特克斯有一眼温泉，叫阿热善温泉，相传是情人泪流成的神泉，哈萨克语意为“能治百病的神仙之水”。

步入特克斯县城，就能看到一个叫城标的雕塑，雕塑上镶嵌着两个象征阴阳鱼眼睛的黑白圆球，其四周用花岗岩砌成，上面印有八个不同的卦。城标外围由64根铁柱组成，象征《易经》的64卦。

城的中心还耸立有50多米高的八卦观光塔。据介绍，该观光塔修建于1968年，当时塔体四面刻有毛主席语录，称为语录塔，当年只有22.5米高，为三层八面柱体砖混结构。1993年，经过抗震加固改造后，更名为观光塔。自此，它就成了观赏八卦城全景的最佳位置。

县城以中心八卦文化广场为太极“阴阳”两仪，按八卦方位以相等距离、相同角度如射线般向外伸出八条主街，每条主街长1200米，每隔360米左右设一条连接八条主街的环路，由中心向外依次共设四条环路。一环路环绕中心八卦文化广场，路的外侧是商店和公共服务设施建筑群，楼宇首尾相接；二环路两侧主要分布的是党政机关和企事业单位，建筑密度较低，小楼被绿荫遮掩；三环路与四环路之间及周围地带，则是城镇居住小区，且大多为独家小院，其间保留有大面积果园。其中，一环8条街，二环16条街，三环32条街，四环64条街。这些街道按八卦方位形成了64卦，并充分地反映了64卦386爻的《易经》数理。

登上观光塔，鸟瞰四周，青灰色的街道、绿色的草地纵横交错，形如一个八卦盆。

八卦城有两奇：城市马路上没有一盏红绿灯。因为各条道路环环相连、条条相通，车辆和行人无论走哪个方向都不会塞车和堵路，且都能够通达目的地。1996年，根据有关专家建议，特克斯县城取消了道路上的红绿灯，八卦城由此成了一座没有红绿灯的城市。

这里除了没有红绿灯之外，还有一奇，就是容易使外地人"转向"。因为无论走在八卦城的哪一个地方，只要不熟悉路，都会绕来绕去走回原点。

特克斯自然资源十分丰富。这里不但拥有独特而丰厚的人文历史和众多的历史景观，风光秀丽，气候宜人，而且年平均气温只有5.3摄氏度，既无酷暑，又无严寒，是一个让心灵放飞的地方。

待甫僧：不一样的花海

一

对于天山，我始终怀揣着一种敬畏。自南一路向北，我几乎历尽了它的风采。但相遇待甫僧，却让我在那些杂乱、雄伟而奇特的层叠中，看到了一个例外。

确切地说，那是一片不一样的花海。仿佛一部历史，静静地伫立在林海雪原之中，除了万籁无声，青树翠蔓，周遭十分安详。天山伸长的雪，高原图腾的龙，就那么自自然然地站在我的面前，让我的心灵和灵魂如同一盏点燃的灯火盘踞于荒野，在每一个黎明到来的时刻，一遍又一遍犁遍岁月的沧桑。

成片的天山云杉集中分布于海拔1600—3600米的中山带阴坡和半阴坡上，陪伴它们的，是漫山遍野的天山杨、桦树、山柳和花楸，那些盛开着白色、黄色、红色小花的野蔷薇、忍冬、小青蒿、柠条、绣线菊等喜暖灌木，在和煦的阳光下，仿佛一个久别的情人，在痴痴地等我。

"待甫僧"系蒙古语，意为"水草丰美的平台"，是新疆乌苏佛山国家森林公园的主景区。这里不但有被中国著名植物学家李渤生博士赞誉为中国独有、世界罕见的"亚高山植物园"，而且还有准噶尔盆地唯一一处地质现象发育最完善、地层最多的地质景观，以及郁金香园、贝母园、生态文化园、桦树林、天山花楸、温泉、滴水沟等景点，最重要的是，在公园海拔3946米处，坐落着世界上一尊最高、最大、最神秘的天然雪山大佛。

1994年5月，乌苏佛山国家森林公园被批准为自治区级森林公园；2008年9月，被评为国家AAA级景区；同年12月，晋升为国家级森林公园。

乌苏佛山国家森林公园占地总面积3.7万多公顷，由待甫僧、巴音沟和乌兰萨德克湖三部分组成，是一个集雪山、冰川、草甸、森林、草原、河流、峡谷、瀑布等于一体的自然生态景观。

这里很美，山林中苍绿的云杉，挺拔的落叶松，秀丽的白桦林，以及斑斓的山色，一碧如洗的蓝天、白云，都在光的作用下，由浅绿、浅蓝、绿色到蓝色，不停地变换着色彩。一层淡淡的炊烟环绕在林梢和哈萨克牧人的小木屋之间，弥漫于山野，一切都显得悠远而宁静。

草原上，绿茸茸的草甸铺满山坡。自由自在的马，抬头凝望的牛，以一种特有的闲适在随意行走。几座毡房恰似牧归的羊群，点缀在天边。一湾灰蓝色的河水，沿着黄绿相间的山谷，缓缓流淌，把一个熟透的春天展现在人们面前。

可以说，生命在这里被自然而然地融入了一种从容和恬淡。

二

待甫僧是我见过的最美的地方。粗犷的原野，哈萨克人的木屋，洗尽铅华的蓝天、白云，以及灰蓝色的河水、层林尽染的碧透，都在清晰地提示着我这样一个信息：我已经看到了天山最真实的美丽。

从地理方位上讲，待甫僧算是一个典型的边陲之地。在它的远方，冬季很长，风雪落照，它的大部分时间，几乎都掩映在冰冷的雪被里。

来到待甫僧，我才明白，正是这些雪被，才孕育了这里植被的生长，才孕育了人类真正的家园。

我久久地凝望着眼前的树，立刻就从那些流泻的绿意中，感受到了一种生命的律动，而且很强烈。无论是盘桓在一棵树下，还是融进无边的森林，我都无法驱赶走那种发自内心的感觉，那种令人惊心的蓊郁，那种倔强的微笑，那种坦然的面对，那种高傲与藐视艰难的旷达，就是对大自然的挑战！它们把身体挤进石头，把坚韧的根扎进石缝，以最直接的方式涵养着水源，载蓄着人类赖以生存的源泉。那种对家园最直接的捍卫，让我不得不用一种敬若神明的眼光去看它。

早些时候，待甫僧不是现在这个样子。

1952年，乌沙伐木公司成立，来自四川的文星恭成为公司的第一位林学专业大学生。为了在天山深处寻找到一处适合伐木工人的作业点和生活区，文星恭的足迹几乎踏遍了乌苏的山山水水，最终，他选择待甫僧。1957年，待甫僧苗圃基地正式开始投建。

作为待甫僧林场首任场长兼苗圃基地主任的文星恭深知，自己生长在大山，作为一个大山的儿子，他比任何人都更懂得林业在国民经济发展中的地位。他不相信像中国这样一个泱泱大国，林业发展和生态保护这样的问题都解决不了。他相信科学，相信总会有一天，中国人会自己解决好林业发展和生态的问题，大林业一定会在岁月的推演中支撑起共和国的经济脊梁。

　　在待甫僧，文星恭一待就是很多年。生活的清冷、寂寞，环境的单调、乏味，非但没有影响他对培养苗圃新品种、新技术的积极热情，反而让他对苗圃的研究达到了如痴如醉的程度。面对自己的老师和同学的质疑和困惑，他报之以坦然："这里有我的事业，既然选择了待甫僧，就没有什么抱怨可言。"

　　寒暑易节，春华秋实。不善言辞和交际的文星恭，眼睛里看到的是待甫僧，心里想的也是待甫僧，手里摆弄的还是待甫僧的苗圃，他对待甫僧，已经达到了痴迷的状态。

　　20世纪60—70年代中期，林场苗圃基地的树种还相对单一，为了丰富苗圃的种类，文星恭想到了在苗圃基地引种、试种新的树苗品种，用于改善待甫僧的种植结构。他先后从内地引进了许多品种进行试种、筛选，后来由于气候、资金等诸多因素，他不得不亲眼看着自己的研究成果夭折。

　　"我这个人没有什么嗜好，就是爱摆弄苗圃。一天看不到苗圃，心里就像缺了点什么。在我眼里，苗圃和人一样具有灵魂和生命，我们之间有着感情和心灵的交流。树籽播在了地里，我就期待着它萌发、一天天壮实地长大。一个林木新品种从选育成功到推广，前后需要十三四年的时间，人的一生，有几个10年啊！"谈到树的新品种，文星恭说得很真切、很动情。是的，人的一生，有几个10年啊！

　　树苗育种工作连续性很强，文星恭感到遗憾和不安，感到壮志未酬。文星恭非常清楚，研究课题的时光对他来说将会越来越少，他必须快马奋蹄，抓紧一切时间。于是，他一边试验，一边示范、种植，对每一道工序都一丝不苟、废寝忘食，对每一个试验程序他都用心良苦，仔细验证，直到取得满意的数据才松一口气。让文星恭感到宽慰的是，尽管许多努力被无情地割舍，但不少成果留了下来，得到了应用，给林场带来了一定的收入。正如马克思所言："科学上没有平坦的大道，只有沿着崎岖小路攀登的人，才有希望达到光辉的顶点。"

时间跨越到1998年，已经易名为乌苏林场的待甫僧仍然还只是个苗圃基地。一排一排破旧的砖瓦平房，高高矮矮地分散在方圆数百米的待甫僧林区内。这里还没有铺设出一条平坦的路，更没有路灯。照明仍然靠发电机发电。为了省油，每天到了晚上十一点以后，发电机就停止了轰鸣。没有了机械的伴奏，入夜后的待甫僧也就立刻陷入了一片无边无际的寂静之中。

2005年5月，时任乌苏林场场长的林春亮，开始对待甫僧进行全方位开发。他通过职工集资、招商引资、申请项目等方式，对基础设施进行全面改造升级，在大量引进种植树木花草的同时，着手系统归纳整理当地的历史和旅游资源。在待甫僧出生成长的林春亮集几十年之感悟，提出了以"佛山"命名公园的建议。2008年9月，以"乌苏佛山"命名的森林公园成为AAA级风景旅游区，同年12月，被国家林业和草原局批准为国家级森林公园。

2012年后，作为佛山公园三大景区之一，待甫僧的品牌价值完全凸显，成为远近闻名的旅游胜地。

待甫僧从来没有像现在这样色彩斑斓。

"小康"，再不是遥远的梦，而是看得见、摸得着、抓得住的实实在在的生活。

伴随着中国经济的腾飞，待甫僧每一个员工心里都扬起了巨大的波澜：多少年林海听涛、爬冰卧雪的游牧式生活，在自然经济走向商品经济、计划经济走向市场经济乃至市场经济走向天然林管护的伟大变革中，受到了无情的冲击。

原有的生活格局一旦被打破，就要注入新的生命活力。

这是一个伟大的壮举。

理性的思维在感性的认识面前不再沉重：待甫僧的历史到了真正改写的时候。

从某种意义上说，待甫僧正在进行的这场旨在保护国有天然林资源的体制转型，实际上是一场革命。

50多年过去了，待甫僧已经变成了目前植被繁茂、环境良好的生态园、天然空调和自然氧吧。

2008年9月，乌苏佛山国家森林公园被前来考察的中国著名植物学家李渤生博士赞誉为"中国独有、世界罕见的'亚高山植物园'"。

三

2015年6月，我随着"作家乌苏采风团"走进了待甫僧。

在行进的路上，蓝天显得十分高远，成朵的白云在云端和不远的山巅上卷起一朵朵海的浪花。

无边，很静，阳光铺满戈壁。草甸、碎石，光怪陆离的山丘，沉寂的荒野，一切都在一种沉寂中默默地等待。那种博大和深远，多少给人留下了丰饶和神秘。心的悸动，断续的诗歌，纷纷扬扬的怀想，此时如同流星雨般散落在我的情思深处：巍峨、雪山、云杉、西天风沙、六月飞雪所描绘的一幅幅绮丽的风景，始终让我在身后遥遥苍天的尽处，执意去寻找待甫僧那片荡气回肠的从容。

汽车驰过蜿蜒盘旋的山路，进入一眼望不到边的待甫僧绿色长廊时，尽管我做了许多心理上的准备，但还是被待甫僧满目苍翠的色彩迷住了。

走进苍茫的云杉林，一股清新凉爽的空气顿时扑面而来，甚至让你来不及躲避。由高大葱郁的落叶松自然搭建的“一线天”，在时光的回望中，站成了一种昂扬的姿势。

“一线天”的对面，凌空而坐的雪山大佛凝神定气地看着我们。

这里的山和这里的水，以及虽小但很精致的院落，或者随意点缀在院落中木屋栏栅旁的白桦树和冷杉，或淡黄或翠绿，在阳光下，营造着一个温馨的家园，释放着生命独有的暖意。

步入待甫僧，首先闯入视野的，是一种怡然自得的境界：许多石刻在阳光下出奇的明媚，在空气中渲染着一种浓浓的夏日情结。那些栽培有序的树木、花草，枝头绽开着一片片嫩嫩的叶片，就那么静静地站在人们的眼前，无拘无束，自自然然，带着一份自然纯真的美丽。天山旁逸斜出的自然沟的溪流沿着自然的走向蜿蜒流过，涓涓的水流纤纤的，亮亮的，像一个媚秀的少女。

一眼望去，在待甫僧的道路两旁，栽植着林场人自己培育的各种林木，有的高耸入云，有的参差披拂，仪态万方。每株树下，都用石头刻写着属科和树种的品类：天山云杉，松科、云杉属，常绿乔木，引种栽培；樟子松，松科、松属，常绿乔木，引种栽培；梓树，紫葳科、梓树属，原产我国，又名河楸；天山冷杉，松科、冷杉属，常绿乔木，仅分布于待甫僧景区西北部阴湿山地，属国家级保护野生植物；西伯利亚刺柏，柏科、刺柏亚属，匍匐灌木，分布于待甫僧山、准噶尔西部山地及天山各地；夏橡，壳斗科、麻栎属，落叶乔木，高达40米，原产欧洲，材质坚硬，引种栽培；黄菠萝，黄柏属，别名黄柏，芸香科，喜光，不耐阴，较抗旱、耐寒抗热，寿命可达300年，新疆广泛栽培……其中的生态理念和文化内涵闪烁着传统文明与现代文明的光辉。

这些树种栽种在待甫僧不同的场坪上，显得那么清纯，那么透亮。这些厚重的生命绿色，铺天盖地，大气磅礴，像春天的彩笔在这里重重摆动，透着春天的淋漓尽致。

就仿佛灵魂中被别人塞进去了许多文明的碎片，我的每一根神经都被眼前的情景震撼着，使我的视野随着岁月的流动又好像看到了生命与风雪、文明与愚昧、开放与封闭的抗争，乌苏待甫僧的林场人在历经了改革的阵痛之后，最终成了待甫僧天然林最忠诚的守望者。

当我不经意地闯入郁金香园，那一刻，我醉了！

仿佛在城市的某一个黄昏，我静坐在这里，幽暗的灯光，嘈哳的水声，恍惚之际，似乎不小心推开了一座古老的城门，回到了过去。感觉眼前的一切，亲切而熟悉。犹如家乡那条在走往城市的路途中，早已经干涸的河流的名字一样消失了的记忆，突然又清晰起来。

大片的阡陌，成条的垄埂，原生态没有任何污染的草原，蓝得透亮的视觉空间，使光无处不在，刺眼的光芒肆无忌惮地在每个角落穿行、奔跑、舞蹈或是栖息、停留。

置身姹紫嫣红的花海，让人心旌摇曳，窥谷忘返：热烈奔放的红色，雍容华贵的金黄，馥郁芬芳的雪青，活泼开朗的淡蓝，无不在阳光里翻腾着五颜六色的浪花。

循着花香，在青石板铺就的小路两旁，抑或是原木的步道旁、小溪边的林荫里，总会看见一朵朵、一簇簇或高或低、或艳或丽的小花在仰脸微笑。韵味古朴悠长，如品味一杯清香的茶，或是浅酌一杯甘醇的酒，所有的，都在这茶和酒里了。

待甫僧的每一道山梁和山脊上，几乎都长满了葱郁的落叶松、冷杉和白桦林，满目的绿色令人心旷神怡。远远望去，那山上仿佛簇拥着一片片云，一片片绿色的云。那种生命的色彩，仿佛一匹匹横空出世、仰天而立、傲视风云的骏马，于原始的旷野上贮满了奔驰的欲望，似要在万顷林海上奔跑起来。我站在那里，就如同坐在了一匹奔跑的马背上，成了岁月最骄傲的骑手。

我想，在天山，在待甫僧，我们应该好好感谢乌苏人，他们在守护这道生态屏障的同时，也为国家守住了一片青山。

四

待甫僧的四季，装满了浪漫和醉人的风情。

春的妩媚，夏的清凉，秋的成熟，冬的韵味，都可以在这里找到答案。

透过密密挨挨的高山涵养林举目远眺，高耸的雪山就像一位凌空站立的巨人，把北天山的层峦叠嶂用巨大的画布撑开，在上面重重地着彩。

在我的眼里，山就是一座佛，佛就是一座山。

这座海拔3946米、被称为"大佛"的雪山，是天山山脉在整个待甫僧区域最高、最大、最独立的山峰。它上小而圆、下大而方，形状、神态酷似坐南面北、定气诵经的"弥勒佛"，它的周围，常年云遮雾绕，恍若天界。

大佛左右两边各有一臂，恰似一尊"小弥勒佛"。以雪山大佛为中心，正前方两侧有两座大山东西对称，树木稀少；中间有两座小山也东西对称，树木茂密苍翠。两座大山的尾部，东西各有一道高出地面近百米、呈南北走向的山岭也是对称的。沿两道山岭的尾部环形看去，绿草呈现的弧形，就是一个大圆。大圆北侧，是一圈高出地面50多米的岩石带。佛山后侧，有一座常年积雪不化的山头。当地人称，这些地形地貌如同人为描画出来的一样，呈现出人类所追求的最理想的极乐世界：左青龙、右白虎，前朱雀、后玄武的"龙庭宝座"格局。

在雪山东侧的另一座高山上，有一尊很像"太上老君"的山头驻足山上。再往东，在待甫僧大门口东侧约5公里处的群山之中，还有一座形似大佛山的"小佛山"；在大佛山西侧约6公里处的"忘忧谷"南侧，也有一座"小佛山"，甚至"睡佛"，甚至"睡美人"和"母子山"……

佛山的脚下，是7座呈链状排列、南北走向的古墓。目前保存完好的一座最高最大的古墓，位于"一线天"北侧尽头。

相传在1756年即清乾隆二十一年，兆惠将军自伊犁挥师乌苏平叛，看中了待甫僧的巨大气场，在此设下中军帐，取得了以少胜多的平叛大捷。兆惠将军去世后，遂选择了待甫僧作为自己永久的安息之地……

待甫僧东侧，是著名的冷水泉和温泉。自古至今，当地民众每年逢六月初六，都要在这里隆重集会，诵经祈祷天下太平、风调雨顺、人畜兴旺。人们在这里纳凉、避暑，饮酒对歌，摔跤赛马，尽情享受大自然的馈赠。

据当地老人说，过去这里空气清新，冬暖夏凉，雨水丰沛，草原繁茂，小孩子走进去根本看不到头顶。宋朝无门慧开禅师云："春有百花秋有月，夏有凉风冬有雪，若无闲事挂心头，便是人间好时节"，便是对待甫僧最好的诠释。

雪山大佛、生态园、百合园、贝母园、马鹿园、地质园、春秋亭、礼佛亭、柳兰苑、桦树林、郁金香和虞美人，这些胜却天上无数的景致，让我漫步其中，便独有一怀情思在心头了。

6月的郁金香园，一直让我心动。早知如此，我应该带上女友一起来看山色的。

郁金香的花语是"浪漫和爱情"。也许很多人并不知道，这个让全世界男人都狂热的"花中王后"，其"祖宗"就是生长在中国新疆天山一带的，俗称为"老鸹蒜"。

2009年，当第一株郁金香移植到待甫僧，就仿佛远方的儿女重新回到了母亲的怀抱，长势喜人。其粗壮的花茎、厚实的花瓣令所有的花蕾黯然失色。其艳丽的花色分外妖娆，花期也格外持久。在平原地区，仅仅开放半个月就枯萎了的郁金香，在待甫僧，其花期持续接近一个月还在风中俏丽地舞动。

在郁金香园，无数张或红、或粉、或白、或黑、或紫的笑脸就这样痴痴地凝望着我，让我离不开也不能离。

因为天山花楸树和花楸果而得名的"相思小道"和"牵手园"，让我的情思渐入佳境。

天山花楸树是天山的名贵树种。而待甫僧生态园的花楸树却是新疆所有的国家级森林公园内数量最多、面积最大、栽种时间最长的花楸林。每年8月以后，花楸树的青叶、青果逐渐变成灿若桃花的红色，如一片片、一颗颗火红的相思叶和相思豆。

位于相思小道东侧北端的"牵手园"，高耸挺拔的白桦林相抱相拥地挤在一起，四周长满了密密挨挨的云杉，这里除了虫叫和鸟鸣，一切都一如原始的宁静，俨然一处独立的世外桃源。到了秋天，白的桦树干、黄的桦树叶、湛蓝的天空、凉爽的微风，把整个"牵手园"衬托得如诗如画。漫步其中，就好像走进了童话世界。在这里，你尽可以和心上人手拉手、肩靠肩地抬头仰望天空，憧憬未来和美好，亦可以低头凝思满地的黄叶，把长长的相思放飞于空中。

　　在待甫僧，最扣人心弦的，还是要数柳蓝苑。柳蓝是当地最具代表性的野生花卉。每年7月到8月，亭亭玉立的躯干可长到1.5米，细细的柳叶像纤纤的玉手，在风中含笑传情。此时，花朵硕大的千里光也不甘落后地牵着柳蓝的手，并蒂莲般地躲在落叶松的下面一齐开放。紫色的柳蓝花、黄色的千里光和绿色的叶子相互拥抱在一起，那情景，绝不亚于一场别开生面的模特秀表演。

　　礼佛亭和拜佛台是一个让人独往独来的沉思之地。在这里，整个待甫僧的大气势尽收眼底。抬头仰望，是雪山大佛、连绵群山和青山翠柏；举目远眺，是一望无垠的草场、农田、戈壁和高楼林立的城市。

　　古朴优美的自然风光，画一般地镶嵌在待甫僧宁静的氛围中。袅袅炊烟的晨曲陶醉了多少生活在这里的牧羊人！这里，生命庇护着每一片绿叶。虫蝉窸窣的脚步声却使这山林更加幽静了。此时，天地一片苍茫，一个人的世界，面对着宇宙对话，什么也不用说，一切都在不言中。我的心也如玉琼一般，醉了山林，醉了小路，醉了四野里正在孕育的花草树木……在芸芸众生中，你可以让自己的全部完全裸露在这片明媚的天空下，天地之外，你就是唯一，你就是上帝，你就是尘埃。一种发自内心的顿悟，让你心游大荒，超然物外，去看蓝天白云，去看绿水长流。

　　在大自然的面前，你会感叹人生来似烟云，去似微尘，你会看破，舍得，放下。

　　到了秋天，待甫僧愈加呈现出一种层林尽染的气势，那种惬意，那种温情，简直就是一段段缠绵的情话。满眼的金黄，和赤橙黄绿青蓝紫的色彩，将所有的山峦染成了彩色的花海。

　　待甫僧如同一幅漫漫长卷，展示着自己的阅历和存在。它静卧于如畴的林涛中，怀抱着青树翠蔓的林区，守候着四季的轮回，任春夏秋冬在宁静的空气中轻轻飘荡，仿佛一首清纯的民谣在风中飘散，丝丝，缕缕。

其实，渴望尊贵、从容、优雅的生活，是每一个人的向往。

记得古希腊先哲赫拉克利特曾经说过："灵魂的边界你是找不出来的，就是你走尽了每一条大路也找不出，灵魂的根源是那么深。"

但即使找不出，人类仍在不停地找，就像是一个"走下同一河的人"，在那里不断遇到"新的水流"。

因为，心灵只有在感动时，才能激起波澜。

正是出于对乌苏这片土地的敬意，我的思想才被这些在事业上不断求索的人们生活的激情点燃。我想，我们需要一代又一代的人，从他们的精神里面，接住一盏盏递过来的生命之灯。

五

秋天，是待甫僧的黄金季节。一望无垠的绿，透天的黄，把漫山的落叶松、花楸树、白桦林，全部锁进了五彩的世界。这个时候，无论身居何处，都会感到一种尊贵和一种扑面而来的辉煌。

那灿烂的暖色，由浅入深，由深而杂，米黄、鹅黄、金黄、橙黄、黄红、黄褐、黄绿，色阶生动，层林尽染。每片叶子颜色不尽相同，却都摇曳着相同的热情。

高大的落叶松伫立于小路两旁，撒落地上的松针，细细密密地被秋阳镀上了一层璀璨的金光。阳光、树影，在金色的小路上勾勒出一条条粗细均匀的横线，沿慢坡一路铺设延伸下来，形成一级级天然的台阶。

苍翠的云杉与橙黄的落叶松紧紧相连，构筑成一条春绿秋黄相间的景色，蔚为壮观。

虽然秋凉，但那些已经枯萎了的千里光、柳兰，依然高高地昂着头颅，让红褐色的茎秆挺立在瑟瑟秋风里，任一团团、一簇簇轻如絮、白如雪的种子自然而然地撒进土壤。这些晶体通透的精灵，不断追逐着风，与金黄的落叶齐舞。旋转、升空，然后悠然落下。

圣洁的佛山，湛蓝的天空，加之云杉滴翠、金黄白桦、火红枫叶的点缀，待甫僧在苍茫的幽深中，更像一首澎湃的歌。

随行的乌苏市旅游局局长杨宏指着一棵比豆芽茎还细、跟长了一周的豆芽一般高的云杉，告诉我："这株云杉有一年了，要长成合抱之木，至少需要70年的时间。也就是说，第一代栽树，到第三代才能受用，这真正叫作'功在当今，利在子孙'。"她又指着山脚下一片人工培育的云杉说："这些树都是我们的父辈20世纪50—60年代人工种植的，50年过去了，现在也只有碗口粗细。"

由此让我想起了2007年12月5日，时任国家林业局副局长祝列克在国务院新闻办公室举行的发布会上说的那番话："中国政府高度重视生态建设和自然保护，力争到2020年成为生态环境良好的国家。"

在会上，祝列克介绍说，到2010年，全国森林覆盖率达到20%以上；2020年，达到23%以上；2050年，达到并稳定在26%以上。

到2020年，现有人工用材林每公顷蓄积量提高到100立方米左右。主要工业用材林单位面积产量提高30%以上，生物技术产值比重提高20%，木材综合利用率达到80%以上。加强林地和森林采伐利用管理，坚决守住3.1亿公顷林地这根"红线"，真正实现越采越多，越采越好，青山常在，永续利用。

到2020年，全国森林、野生动物等类型自然保护区总数将达到2300个左右，总面积1.40亿公顷，占国土面积的14.5%，使全国95%的国家重点保护野生动植物种和所有的典型生态系统类型得到良好保护。全面实施湿地保护工程实施规划，加强湿地保护与恢复和可持续利用。2020年，使全国湿地保护区达到600多个，国际重要湿地达到80个左右，60%以上天然湿地得到有效保护。

中国天然林保护规模及人工林面积居世界第一。其中，人工造林保存面积达到5364.99万公顷，实现了连续20年森林面积和蓄积量"双增长"。

近几十年来，中国政府把保护和发展森林资源放在生态建设的首位，森林资源保持了持续快速增长。森林覆盖率从中华人民共和国成立前的8.6%增加到18.21%。在世界森林资源减少的情况下，中国森林资源持续增长，并成为世界上森林资源增长最快的国家。2000 — 2005年，全球年均减少森林面积730万公顷，而中国年均增加森林面积405.8万公顷……

这是一个了不起的成就。

面对待甫僧，我的眼前，此刻好像有一点水珠泫然欲滴。

是的，我们有什么理由不去欣赏乌苏人亲手书写的杰作呢？生命的、文化的、经济的厚爱，我们又有什么理由去加以拒绝？

待甫僧在尽量展示着它那鲜艳、明快、骄傲的生命的同时，已经绵延成一座丰碑，永远矗立在乌苏壮美的人文景观之中！

创造是快乐的。谁说不是呢？

据世界粮农组织统计，当今的世界，森林面积平均每年消失1%，人类的生存环境正面临着巨大的挑战。我们的家园 —— 森林，正在痛苦地哭泣！

　　如果你不知道什么叫沧桑，请来待甫僧看一看，走一走，看看这些云杉、冷杉，每一棵树都是一部书，一部关于生命的书，关于生命与自然搏斗的书。

　　目前，佛山国家森林公园及待甫僧景区先后投入700多万元，引进了10万多棵彩叶树种。园内目前确定的植物约800种，仅开花植物就有600多种，鸟类30多种，动物10多种。2010年6月，待甫僧景区已经建成为生态文化教育基地。同年10月，被乌苏市科协授予"科普示范基地"称号。

　　近年来，待甫僧每年接待的游客都在10万人次以上。

　　对于待甫僧来说，创新和发展，不在于它的形式，而在于它的内容，在于那些守望者的人们真正的快乐，是源于内心的真诚与喜悦，是正视人生坚定的成熟，是无怨无悔的超拔与宽容，更是一种踏雪而歌的气质。

　　我想，路还长，需要我们一代接一代的人继续去走……

冬都精：野性与自然的厚度

　　这是一个已经让人开始产生联想的季节。夏季已随着秋风的到来渐渐舒卷了风中的叶，有的已开始渐变黄色，从树梢上飘飞下来，零落成泥。我忽然感到了一种压抑，想冲出城市的喧嚣，独自一人去野外感受一份清新和宁静。

　　好像是心有灵犀，朋友恰在这时打来电话，盛情邀约我一同去冬都精看看。

　　汽车沿着乌鲁木齐河滩高速路迅疾向博尔塔拉蒙古自治州方向驰去，约莫走了300公里，在穿过昌吉、石河子、奎屯等地，进入精河县托里乡之后，随即向右拐进了一条岔道，顺着一片高低起伏的丘陵，走进了天山支脉博罗科努山北麓的夏尔阿茨。

　　位于新疆北部、准噶尔盆地西南缘的精河县，系三精之河，以精河河得名。冬都精系蒙语，意为中间之河。向西北流，汇入精河。最后穿谷而下，流经都拉洪草原，斜挂于博罗科努山支撑的臂弯里，如同一块凌空飘荡的绿色丝绸，在雪峰、松林、溪水和烟云的浸漫缠绕中，宛如一片仙境。

　　博罗科努山层峦起伏，绵延数十公里，仅有一条路通过。与其说它是路，不如说是洪水冲刷而成的河沟更为合适。在经年的岁月流逝中，牧民和牧群辗转往返辗成了这条弯弯曲曲的山路。小路沿山盘旋而上，随着地势的抬升，山势愈发显得险峻起来。那座直插云霄的峰峦，铁青着脸，以雄性逼人的气势，在突兀嶙峋中，把几枝长在岩缝里的半干梭梭，招展成了一片诱人的风景，而它的身后，则是飘着青烟的万丈深渊。

当车辗转过几道回头弯终于爬到山顶，我举目望去，只见烟云缥缈，峡谷如刀削一般，紧紧地锁在蓝天与河谷之间，令人不寒而栗。

翻过那条谷，翻过那片山，少顷，一缕柔和的阳光透过层峦叠嶂，把一幅黄绿交织的画卷摊铺在了我们眼前：

碧玉般的河流在宽坦的河床上徐徐展开，一片翠绿的胡杨树挂着深情的微笑在向我们招手致意！几座毡房，三两匹低头吃草的马，以及散落在草原上的牛羊和牧群，如诗如画地镌刻在了那幅画卷上。

那种蓦然出现的娴静与深沉，那种源于高山雪水融化汇集而成的生命，那种郁郁葱葱中，伴随着的胡杨、红柳、沙棘和庄稼成长的声音，那种鸟语花香、马嘶犬吠和袅袅炊烟，都如一杯醇香的奶茶，吸进了我的肺叶之中……

这时，自然的野性和独特的古朴一起向我走来。我在感受静淡的同时，立刻也体会到了寂寞在风中伴舞的滋味。冬都精，仿佛一段段走远又走近的时光，在季节的轮回中，变得更加深刻起来。

这绝不仅仅是地理容颜上的变化，这里的跌宕起伏，这里的丰盈缤密，都以一种深具厚度的情境和这片土地独具情愫的内心场景，让我感受到了一种灵魂的洗礼。岁月在这里深深留下的刻痕，正沿着时空的流动缓缓地走到了我的面前。那种很淳朴的体现，没有丝毫的矫揉造作，仿佛时间的一维性法则，摆脱了自身的局限，在其之外获得了某种有效的自然延伸。恰似静泊在天空下的湖泊，漂着一轮秋月，一半明媚，一半忧伤，对着能够倾听的人倾谈。在这里，山峦、山色、河流、胡杨，都在沉静的律动中，书写着一页页美丽和沧桑。那些牧人用树干垒起的木屋，零散地矗立在远远近近的山脚下，虽然大多年久失修，但却保持着生命呼吸的体征。那种留在大地上的印记，随着时光的推移，已经自然而然地站成了岁月的书简。

沿着蜿蜒起伏的丘陵一直向前，眼前豁然开朗：高山草甸、成片的胡杨，漫山遍野的天山云杉和混交林，还有雪山、瀑布、雪莲……

这里，青山环抱，雪峰相连，花草漫地，碧水蓝天；这里，让人如痴如醉，流连忘返！

冬都精在我的眼里，好像是一处很庞大、很丰富，而且很有些时间感的自然山水，转眼间就隐入到一片连绵起伏亘古如卧的山色之中了。偶尔，它的眼前会闪出一座座牧民的半截矮墙间或炊烟的一角，那只能证明那仅仅是一处早已被人遗弃的曾经的居所。

在一片广阔的巅峰上，我感到，眼前这座山，其实就是一条壮丽的河流。因为是在山的顶部，因为是俯视，我所见到的是一条更加像河的水流。

冬都精就这样安静地坐落在一片山与丘陵的深处，并在那深处不动声色地延续着它的一切。这里所有的人，操着各种各样的农具或是牧鞭，面对着庄稼和厚实的土地，倾其一生。

我完全可以想象，他们凝视着生长的庄稼和正在行走的牧群时的心情，尽管流动的风儿刮走了他们所有的表情，但是，我还是从他们锄地和放牧时发出的有节奏的声响中，体会到了他们的快乐。

当我从一片树林中穿过，我发现这些树木仍然和我小时候看见的树木一模一样。其实这些树木即使在已经去世的老人眼里肯定也不会有多少变化，也许它们中间的最小的一棵也有几百年的树龄。但是我还是开始惊讶一个冬都精存在的顽强。一个无非有着一些毡房和一些牧群的冬都精，怎么就能够穿越过这么长的时间而存在下来，而且没有任何衰败的迹象？

走进冬都精，我终于明白了：一个不会因为任何人的到来或离去而失去什么，也不会因为谁的出现而多出什么的冬都精，它以自己的方式、自己的时间感以及自己的逻辑存在着，它就像一个性格内向的人，从出生那天起就始终如一地守护着自己的内心。事实上，很多人不光无法揭示它的内心，甚至如果没有人的指引，那么要在广阔的山峰和丘陵上，轻而易举地找到冬都精，还是很困难的。

因为冬都精的存在完全没有章法。它隐藏在大山的深处，以至于根本无法依靠经验判断它究竟会坐落在什么地方，它可能会在任何一条山沟、一面坡地或者是一块台坝上出现，它们会在没有任何思想准备的情况下，好像一只从土洞里跃出来的野兔一样闯进人们的视野中。即使是一张比例尺很小的地图，都无法详细地标注出它的存在。在这里，有时候，一段路干脆就是一段牛羊走出的小道。

我想，如果一个人只是为了猎奇而进入冬都精，那么他一定无法知道冬都精存在的意义和所以存在下来的理由。一个冬都精在新疆最不引人注目的角落里之所以能够自得风水，我认为，完全得益于它虽小，却能穿越时空，用自身的光亮照亮在这片土地上存在着的所有事物，让人们有理由相信：铺开在自己前面的路，是一条可以走下去的路。

第四辑

一览西海不看湖

一览西海不看湖

浩渺的湖面，烟波旖旎，平静的空间，包容了大海寂寞的涛声。点点帆影，游离过太多北国奇异的风光。一片静止的微澜，一段悠悠的琴音。被誉为"西海"的博斯腾湖，站在岁月的风雨中，眺望着深远和孤独，把一怀碧绿的相思，抛洒进苍茫的天山深处。它吸取日光月华，将博大精深的内涵深深地孕育在大自然的雄奇之中，以中国最大的内陆淡水湖享誉华夏。

沿着博湖县一条长满水草、飘荡着芦花的湖区包围着的用戈壁石铺就的路面一直向东，展现在眼前的，已经是一片碧波的蔚蓝了。平畴如镜，水天一色，极尽大海无言的沉默。这就是孔雀河的母亲河 —— 博斯腾湖。

这是一个被芦荻环绕的世界。

已是初秋。朵朵芦荻在一碧如洗的芦秆上端，晃着青青的头颅，偶有几尾花絮被微风轻拂，逐渐飘散开去，那白褐色的绒毛在湖的浅滩含情脉脉，嗫着玲珑的芳唇，仿佛在亲吻母亲慈祥的脸。那姿态，如诗如画，如妙龄少女粉红的笑靥，如一片走远的梦想。

码头边，停泊着几艘船。一群群游客，零零星星地散落在沿岸，顺着波动的水浪，似乎在寻找情感深处一段被丢失的旅程，一种对远方的思念。

湛蓝深邃的湖水一望无垠，墨绿色的浪一层一层越过浅滩区的芦苇荡，不断地向幽远的湖心延伸。那古朴如琴音在临风舒展，如雄鹰展翅于蓝天搏击长空的掠影，使整个空间像凝结成为一个完整的整体，蓝天恰似一张巨大的帷幕扣在湖的顶端。蓝的天庭，碧绿的湖水，浩然贯通。四周寂静极了，听不到湖水拍岸的惊响，看不见飞鸟翱翔天空雄健的影子，观不着鱼入浅底优雅的姿态，仅有片片涟漪幽幽扩散的诗情画意。辽阔延伸着辽阔，浩荡维系着浩荡，博大牵着博大，坦然笑对着坦然，大自然包容的一切，在这里仿佛都变成了一种无法用语言来表达的质朴的情结，一种经过细密的慎思筛选过的思想凝重的沉淀。

历史在这里顿足凝视着人生的沧海桑田。

博斯腾湖，又名巴格拉什湖。被称作"敦薨之水"的开都河在此宣泄。因此，《水经注》称它为"敦薨浦"；《西域水道记》又称它是"敦薨之渚"；当地人习惯称它为"海子"。博斯腾湖在地理学上称为断陷构造湖泊，东西长约58公里，南北宽约28公里。湖盆扁平呈碟形，湖岸平直少弯曲。湖的最深处在东部，达16米以上，平均深度在10米左右，全湖容积为99亿立方米，总面积为1001平方公里。它是焉耆盆地和开都河的排水库区，又是孔雀河灌区的调节水库。

博斯腾湖的资源十分丰富。早在1300多年前，《隋书》上就记载此湖有"鱼盐蒲苇之利"。湖边四周芦苇、香蒲茂密，盐池广布；湖中盛产大头鱼、尖嘴鱼。近几十年，又引进20多种优良品种的长江鱼以及河虾、螃蟹，放养了珍贵的水獭，现在已发展成为新疆最大的水产渔业基地。

游弋湖上，把酒临风，别有一番滋味在心头。

游艇在碧波中斩浪，白色的水花顺着船沿泛起巨大的水瀑，水花溅处，荡起一湖波澜。微风抽动着迷离的情感，挡不住潮湿的诱惑，任湖水在无边的天际画满深沉。一方碧水的空蒙，一片无垠的湛蓝，就这样紧锁着丰韵的风姿和玉色天香，静静地流传着余音绕梁的故事和传说。

博斯腾湖的水甜润而清雅。湖心泛舟，打捞几条湖里的特产赤鲈鱼，就着湖水烹煮。其味美当属一绝，清香可口，回味悠长。南来北往的游客，浏览着博斯腾湖湖光如镜的北国风光，凭吊着历史的古迹，闯进素有现代风雅的"回归大自然"和"海滨浴场"景点，回望四周，湖空连为一体，各个景区坐落的孤岛上修建的一些楼阁、亭台和胡杨树以及红柳，在湖水拍岸的深思中晃动着大漠的风铃。只有此刻，你才会想到，这里虽然包孕了大海诸多相同的存在，却又不是完全的大海。只有在漠北，才会有如此深刻的感受和对大海超越意义的领略。

大自然鬼斧神工的力量竟然在不同的地域造就出如此惊人相似的内容。对所有有生命痕迹的东西又是这样逼真地再现其创造的伟力，这可能就是大海存在的历史意义。就如这博斯腾湖，它虽然远离大江大海，但是仍然凭着一种顽强的生命力在瀚海深处从容地活着，活得这般潇洒，这般超然，这般昂着风骨不去向高山和荒漠低头。以独特的形式保持着自身崇高的气节，以不屈的个性藐视着一切世俗的存在，以博爱的胸怀向大地倾注着奉献与深情。它自信地完成着自己的塑造，却用无言的沉默赢得了"中国最大的内陆淡水湖"这个至高无上的荣誉和赞美。

领略博斯腾湖，使我领略到了真正意义上的大海，"品尝赤鲈不吃鱼，一览西海不看湖"，临别博斯腾湖，我情不自禁地发自内心地感叹。

天山回眸望昆仑

一

擎向穹顶，逶迤着巨大的山脊，在亘古的荒原和沟壑中游动，那仰视的脸，仿佛一支燃烧之后变成了木炭的火炬，始终如巨龙咆哮着，身躯化作了骄傲的岩石。

天山，虽然雄踞新疆中部，叱咤风云了好几千年，但岁月并没有磨蚀掉它的锋芒和傲骨，那骨头内的骨髓原本就是装满豪气的。所以这荡然的豪气，竟让它几千年来一直寂寞地坐看着塔克拉玛干——这片"死亡之海"的长河落日，大漠孤烟。

它的阳坡有些地方也经常可以描画出天然去雕饰、苍茫云海间的青松翠柏的江南景象，把青青的草甸、漫天的绿色、白色的雪冠一并染成妩媚的春光、醉心的夏日、金色的晚秋和冬天的雪被。但更多的时候，则是在舞蹈的风沙中，打磨着乱云飞渡的怪石和寸草不生的童山秃岭。

一队队商旅，头顶烈日，身披黄沙，在驼铃的悠悠回荡中，在它的脚下艰难地跋涉着生命的长河。

和天山相伴而生的塔克拉玛干，相反地，却能在坦然面对中，悟出存在的真谛。

　　沙丘，沙梁，沙墙，还有大自然啸天拔地的雕琢，和人与风沙的抗争中留下的胡杨、河流和绿洲，都在静态的剥离中，呈现着诙谐和幽默。

　　天蓝得十分高远，太阳炙热的光芒几乎灼人。平铺着广袤和恢宏的大漠在长期的嬗变中，以先声夺人的气势让人感到了苍茫和博大。

　　那些不屈倔强的胡杨，虽然用激昂和擎起的守望掩盖住了伤痕累累的身躯，但那被风沙无情抽打的灵魂却不能掩盖岁月的残酷。倒是那些梭梭、红柳和芦苇在寂寞中长歌，用生命的峥嵘和顽强的意志在旷古的荒原上吟诵着一首首无奈的史诗。

　　就像游牧，就像探险，就像漂泊，就像亡命天涯，这些用一生的情感在塔克拉玛干贫瘠的脊梁上栽种生命的绿色，最终却要随着季节河的干涸、水源的流失，让身影站成风干的化石，这情景，让所有路过它们的人们都为之垂泪。终于有一天，当我翻越天山断层余脉时，在图木舒克，再次看到那一片站着一千年不死，死了一千年不倒，倒了一千年不腐的胡杨林海，被那层层翻滚的金色波涛涌起的大海般的遐想时，我犹如一位跋涉于"死亡之海"的旅人看到了江河之源，发出了复活的呐喊。

　　这是一片根植于塔里木沙漠之中的绿洲，胡杨参差披拂的姿态、仪态万方的沉默，包容着深邃的思想，在波澜壮阔的沙海上静静思考。

　　田野恰似一串串撒开在一望无垠沙滩上的碎花，用茁壮的生机点缀着胡杨林丰富的内容，垄埂和阡陌连在一起，一幢幢排列整齐的农庄就好像列装整队的士兵，用方块的形式固定下来，然后是炊烟、集市和人欢马嘶的喧嚣，一切都用古老的基调在谱写着田园牧歌。

　　天山远去了，昆仑山走来了。远远望去，那巨大的雪冠托着对圣洁的向往，牵着太阳的手，缓缓地从山顶向山脚融合。雪化了，好清亮的雪水，一路欢歌，一路叮咚，最后汇成的溪流在宽广的河床上奔腾起来，向着沙漠腹地，向着绿洲，向着坦然面对它的胡杨林海，奔涌而去……

二

据考证，中国那条最长的内流河——塔里木河就在塔克拉玛干沙漠静静流淌了六千八百年，并且孕育和哺育了河流上最原始的部落——罗布人。

他们沿河流而栖，筑栅为栏，世世代代，沿着古老的河床不停地迁徙，游牧，日出而作，日落而息。渐渐地，河床里的水变得越来越少，河道变得越来越窄，渔猎的生活面临着巨大的威胁与挑战。

多少年过去了，那种惨淡经营的人生方式被沙湮没成了楼兰遗址和死亡之谷。

1999年12月6日，当我再一次踏上南疆这片热土，却忽然发现，一条东起库尔勒、西至喀什的钢铁大动脉——南疆铁路西延工程像一条腾飞的巨龙，在天山脚下蜿蜒延伸，向着昆仑山游去。这条铁路先后跨越4个地州、11个县市，全长976公里。

建设者在近千公里的战线上，以天当被，以地为床。地窝子、干打垒在铁路沿线，被渐远的年岁割裂地老天荒的风采，剩下的，只有风动的沙鸣，和列车呼啸而来、奔驰而去的匆忙。

灰褐色的天空，笼盖着白灰色的天山山脉一直向西、向西，直抵帕米尔高原，直抵喀喇昆仑山脉。

如同被一种光荣、使命和责任唤醒似的，昆仑山昂起头颅，看着列车拖着淡淡的青烟，由远而近，闯入它沉睡的田园，那一刻的感受使它陡然而生出一种感激，这感激仿佛不是人们破坏了它长期以来的宁静心绪，恰恰相反，它看到的，是人类抛给自己走出大山、走向世界的舷梯。

走近昆仑山，我谨慎而又小心地去触摸这座孕育"世界屋脊"和"生命禁区"的山脉，它那冷峻而又森严的面孔上没有一点温和的笑容，甚至连一点稍有的热情也没有，一副冷冰冰、拒人于千里之外的模样。

但当我们细细审读它时，却又分明看到了厚重的外表所包裹着的质朴和真诚。

踏上昆仑山每一道山脊，回眸俯瞰喀什绿洲时，那辽阔、平坦中延伸出的河流、田野，那伴响生活的节奏，辛勤忙碌的耕农、商贾和过客，都如村庄清晨燃起的缕缕炊烟，随着每一天生命的开始在自由放歌。此时，我想起了在西克尔水库工地上，所亲身体会的一幕：

一场暴雨，卷起天山山脉上积淀的泥沙，向着位于西克尔水库一侧的铁路工地咆哮着冲来。人们都奔向工地，疏浚河道，加固路基。等抢险归来，发现那些深挖于地下、只有半截留在地面上的"地窝子"内灌满了积水，那情景，倒很像一潭清水天然挂起的"一帘浴室"……

栖息在这棚窝之中的两只小鸟，如临大敌，叽叽喳喳地叫个不停。窝棚内的水面离屋顶只有一米多高，两只小鸟用无奈、困惑而又无助的眼睛望着这洪水滔天的场面。

雨停了。人们用水泵抽去了地窝子里的积水，然后维修、翻晒，一切又恢复了从前的样子。

只是那个搭设在门槛进门上的鸟巢，却经他们悉心修复，窝里增添了野外拾捡回来的干草，那巢便真的有点像"家"的感觉了。每天下班，人和小鸟相敬如宾，互相谦让，鸟归巢，人进屋。那种真实，在无边的旷野上，排遣着孤独和寂寞，营造着一个又一个自然而又平静的日子。

该是朔风初起、寒冬降临的时刻，这些远离家乡的游子，终于推开门窗，看到了一条绿色的长龙，从他们的门前飞奔而过，穿越时光隧道，跨过天山，向着终极目标——喀喇昆仑山一路疾进。

"冬天来了，春天还会远吗？"

这些平凡的人们，当把钢铁大动脉用双肩架到了昆仑山脚下，他们似乎只看到了春天的希望正含着微笑，普度着因边远和封闭长期被贫困羁绊着的人们。

一个时代结束了，一个时代开始了！

他们走了，走得很远很远，走得无声无息。

三

千年冰川，万仞雪峰，在雪域高原上寂寞独歌。昆仑山以其磅礴、轩昂之势站在天地之间。

高山草甸、霜冷冰河、青青山冈和绿色草原构成了昆仑山系垂直分布的自然景观。

南疆铁路喀什会战已全面展开。那位工地的指挥长始终坚守着自己的岗位。他的妻子、执着地捍卫着丈夫事业的女人，西上天山，再上昆仑，押送着铁路施工物资从乌鲁木齐千里迢迢赶来，亲自领略了近在咫尺、又远在天涯的感受。

工地激战正酣，她被人带到了丈夫身边。丈夫又惊又喜，却说了句："你怎么来了。"她无言，她只想告诉丈夫别离的思念。

"这是什么地方？还谈这个！"满脸灰尘的指挥长抛出这句冷冰冰的话语之后，她又感到了一阵绞心的阵痛。那有什么办法呢？工地上人多房间少，况且，24小时轮流作业也容不得他离开工地一步。

无可奈何，妻子只好眼望满天星光，在空房中独守了一个不眠之夜……

修路的人已经走了，但路被留了下来；坐车的人去了又来了，而被永恒地延续下来的，是每一段关于路的往事。

阳光冲开每一道栅栏，给人们带来了清新的黎明；天山伸出巨臂，握住了昆仑的手，仿佛两位巨人站在巍峨的平台上，共同擎起一道雨后的彩虹，向人们昭示着未来的辉煌。

"风雨多经人不老，关山初度路犹长。"

又一个崭新世纪的钟声开始敲响，带着一份期待和一份企盼，我把衷心的祝愿留在这里。我想，尽管昆仑和天山雪水在茫茫的瀚海中汇集了无数条河流，被河流滋润和哺育的红柳、胡杨和植被随水而生，遇风而长。但在经年的流动中，也依然被人为破坏了不少。21世纪，应该有新的开始。就如这文明的进程，和钢铁大动脉的联通，会让蓝天更蓝，自然更加净化，让无数的生灵由此而变得富足，让田园牧歌重新唱响在千里瀚海和空旷的大山。

那时，生活便充满了一道亮丽的阳光。

静泊
——写在苜蓿台子风景区

人生，总想有一个相遇，期盼着用一生的拥有融化心中的焦渴；总希望在记忆悠远的梦境，面对朝阳，面对绿色，面对生命，面对家园，用淡淡的花香和发自内心的微笑去装点旅途的港湾，那个港湾毕竟很美，它会用终身的呵护去维系每一个旅途中的人们，用一首首很绿很绿的歌，穿越千山万水，并循着梦中的构思，一个劲儿地朝我们的生活飘来。

泉水叮咚，树木葱郁，飞鸟翱翔，空气清新 …… 如同一位初涉尘世的少女，在鲜活的阳光下，以锐不可当的青春风采留住了所有过往行人的目光。

曾几何时，这里曾是独守一隅的山谷，曾经让时光静静地放牧在山冈上而任其悄然而逝，抬头可望见开阔的天空、轻盈的流云，低头就能看见满眼的碧翠溢出芬芳的香味。直到现在，它才开始用蓄满阳光的头颅接受清风的梳理和抚爱。

无风，很静。天山深处的苜蓿台子风景区在阳光下，绿草葳蕤，野花缤纷，仿佛一条硕大无朋的锦缎柔媚舒缓地敷设在高山之间，用身体优美的曲线把整个山体上的阳光融化于土地之中。这一切，让我们幻想到劲健的草，坚韧的树，柔润的风，无边的绿色，旺盛的生命力。

苜蓿台子风景区位于乌鲁木齐南郊托里乡境内，距乌鲁木齐市区55公里，海拔2020米，是一个山顶草场平台旅游区。景区三面环山，群峰叠峦，将如茵的草甸抱在怀中。这仿佛康巴藏人居住的"香格里拉"，将许多美丽静泊在如同漫山遍野盛开的野花组合而成的港湾之中。

香格里拉，是一个美丽的传说……

"香格里拉"在云南，位于青藏高原的东南，是康巴藏人的居住地。它在藏语中的意思是"心中的日月"，是一个非常美好的地方。雪山，草原，牦牛，羊群，遍地盛开的鲜花，像天一样蓝的湖水，在白云下安详平静的村庄……隔着红尘，把许多梦想栖息在环抱的群山里。

那一天，我们"乌鲁木齐评选'新十景'作家采风团"一行10人同乘一辆丰田面包车环山而上，来到苜蓿台子，仿佛回归大自然。景区内松林连峰续岭，奇峰突兀峥嵘，淙淙溪流穿行于嶙峋怪石之间。哈萨克毡房如错落有致的琴键跳动在绿草红花丛中，和着悠扬的马铃声，悉心感受着天山深处的清悠和奇险，在阳光的搀扶下，半躺在软绵绵的草地上，看天空苍鹰的盘旋和远处哈萨克牧民的赛马、叼羊、姑娘追，尽情享受远离都市喧嚣的那份惬意和从容。

多少年来，这里便是哈萨克牧民游牧的场所，一代又一代的哈萨克牧民在此繁衍生息。时至今日，在整个高山草原上，以家庭为单位的放牧点在天山深处星罗棋布，在湛蓝的天空掩映下，成群的羊或马或牛在山坡上缓缓行走，构成了如诗如画的西部风情。一片片绿得诱人的草甸气韵生动，碧透连天，那些如幽兰一般的野花，花蕊中暗藏着清亮的露珠和馨香；一团团洁白的云朵，恰似一条条轻纱似的晴岚，在天山的腰肢上缥缈成了草原一色的原始的纯净……

苜蓿台子给人最深的印象是生态环境原始、独特，生物和植被多样性丰富，生态系统却相对脆弱、敏感，破坏扰动后很难恢复。鉴于此，景区开发商似乎已经注意到了这一点，他们本着实现景区开发建设和环境保护"双赢"的目标，力求将景区营造成自然与人文于一体的环保型乐园。上得山来，可以看见沿山的护坡均做了衬砌处理，停车场也建在了远离景区的一处较广阔的平台上，所有来往的游人只能沿着早已铺砌好的台阶拾级而上，抵达每一个景点。可以说，这种猛盘"出炉"后的景点建设思路的出现，仿佛"芙蓉出水"，顷刻之间引起了整个旅游业界的终极关注，成为新疆景区建设别具一格的经济和人文亮点。

毕竟，属于我们人类自然天成的绿地越来越少了！

苜蓿台子风景区以其先声夺人的气势在首府浮出水面之时，用鲜明的文化内涵、知识底蕴和人文精神顿时在新疆刮起一阵狂飙。这里，人杰地灵，涉足于此，能嗅到一丝清新，触及一股浩气，溶入一种境界……这里不但有深刻的文化背景，更有神奇的古朴风情。

这方水土，山川多娇，风光独好。这是一片净土，这片净土充满着神秘，荡漾着壮美，阳光丰腴着山谷，白云、蓝天映衬着一碧如洗的林海草原，犹如一袭飘然而至的风景。

崇尚经典的质朴与现代文明的完美组合，正是苜蓿台子的品质和布局。

早在欧洲的古罗马，人们即开始读懂绿地、自然风情与自己生活的关系。一部分先富起来的新贵对原汁原味的自然风光产生了如痴如醉的崇拜和热衷。18世纪末新建的贝德福特广场、柯本特花园、19世纪初的那莫德理大街，均以人文文化与自然景观组成壮丽而灵动的街区，在浓郁的欧洲人文史上形成了永恒的坐标。现在，当我站在苜蓿台子风景区清香袭人、群峰叠翠的氛围中，远眺绿草如茵的原野青畴时，我感觉仿佛自己正乘着一叶扁舟，扬帆于碧蓝色的大海之上，踏着绿浪，以其尊贵、从容、优雅的姿态从城市喧嚣的噪声中航行而过，以一种人生洗尽铅华后的境界，以一种大风大浪之后的平静，在平坦如砥的海面上悄然找到了自己停泊的码头。

苜蓿台子风景区坐落在群山环抱之中。从托里乡沿着一条倾斜着的缓坡缓缓爬升，便可以看到沟底蜿蜒流转的溪水和三面迎宾的苍松。几经辗转，一俟车到山腰，脚下万丈深渊中的松柏便显得有些阴森可怖了。但是，车到山顶，眼界便陡然开阔起来，斜平宽坦的冲积扇台面上，野苜蓿、野菊花和各类不知名的齐腰深的野花姹紫嫣红，五彩缤纷，黄色、紫色、淡蓝色、红色、白色色彩斑斓，令人心旷神怡。满坡的牛羊点缀其间，蜂飞蝶舞，尤其是阳光将白云的投影映衬在绿草之上，流水般款款漫动，更为景区增添了一道亮丽的景观。

由此，我敢于这样说，由乌鲁木齐县托里乡倡导并成功提升的苜蓿台子风景区对首府的旅游资源开发而言应该是"一个崭新的高度"！它不仅是一个城市的人文理念的现象，甚至将成为乌鲁木齐市城市文明的标志。

阳光、绿地、牛羊、毡房，纯粹的西部经典风情，安徒生的童话世界，宁静、浪漫，头顶自己的蓝天，脚踏自己的土地，身体和温馨摩擦，人和自然对话，还有湿漉漉的水气弥漫。

苜蓿台子风景区就这样用深情的眼光注视着眼前所发生的一切，它不想永远沉默无语地再站许多年！

不求最好，但求更好！

苜蓿台子风景区用全新的旅游资源开发理念为新疆人选择了一个崭新的高度。

一个时代结束了，一个时代开始了！

老城旧事

　　具有斯拉夫建筑风格的乌鲁木齐"大银行"，已经静静地在风雨中站了许多年，而且还要一直永远站下去。岁月在"大银行"那高高的石阶、漆迹斑驳的廊柱上，留下了沧海桑田的刻痕。

　　"大银行"目前是中国工商银行新疆分行明德路支行，位于乌鲁木齐市明德路18号。它虽然是一座普通的二层楼，但这座始建于1943年、有着60年历史的建筑物却与新疆现代金融的发展有着密切的关系，曾经是新疆金融业的中心。它浓缩了丰厚的历史底蕴，先后孕育出了中国农业银行新疆分行、中国银行乌鲁木齐分行、中国人民保险公司新疆分公司、中国工商银行新疆分行、信托投资公司、国际信托投资公司等金融机构。1939年1月1日，当时的新疆省银行改组为新疆商业银行，中华英烈毛泽民任第一任理事长；1949年5月10日，"大银行"发行了世界金融史上面额最大的钞票；1949年10月，中国人民解放军进军新疆，彭德怀元帅在此检阅入城大军，从此揭开了新疆历史发展的新篇章。

　　从严格意义上讲，"大银行"的金融传承，不仅不在于它曾经是乌鲁木齐市20世纪40年代的标志性建筑，也不在于它是新疆金融业的发源地，甚至是摇篮，而在于它的存在，几乎成了乌鲁木齐的一部经典，一个装满神奇的故事。

　　"大银行"1943年兴建，1945年竣工，施工工期历时整整三年，新疆民俗文化研究专家、乌鲁木齐市规划局原工程师刘荫楠老人目睹了"大银行"的整个建设过程。据他介绍，由于缺少专门的地质勘探，破土后的地基虽然挖了三米深，但土质很差。为了保证建筑物的牢靠度，增加地基的耐力，施工队专门从六道湾煤矿运来一车车煤渣垫入基底，并用木夯分层夯实。第二年进行主体工程施工，第三年进入内部装修。工程所需的水泥、钢铁等建筑材料均由苏联进口。当时乌鲁木齐建筑工程没有电力机械设备，工地周围也没有柏油路，"大银行"的建筑全凭人拉马抬。

　　三年时间，一座占地面积6500平方米、十几米高的巍峨建筑耸立在了当时全部为平房或最多只有寥寥无几的几幢二层楼建筑的南门繁华地段，其高大、雄伟、庄严给人们强烈的震撼。拾级而上，高高的台阶、高大的门柱以及柱顶考究的装饰、花团锦簇般的宽大墙体、墙壁，无不流泻、奔放着一种浓浓的斯拉夫式风格。入内，一种华丽和优雅扑面而来，大厅前部建有吊角阁楼，厅内砌有到顶的方形砖柱。室内天棚均由麻刀灰罩面、圆形石膏装饰附于棚顶，天棚四边设有凸起的装饰灰线，地面由原木板拼镶，并由紫红色的漆漆成，墙壁由米黄色木制护墙板围护，并有突起的木制线条装饰。大厅棚顶排列悬挂着两层吊链，悬有一大四小的苏式白炽吊灯。每个柜台内的办公桌上都放置有一只铸铁圆底座丝绸罩、内装有两只白炽灯泡的苏式台灯，给宽阔的大厅增加了典雅高贵的格调。所有的门窗均十分高大，门心还凸起有装饰线条，木制楼梯和外部走廊的扶手全是精致的旋木栏杆。轻松、富贵、典雅和浪漫充盈着整个业务大厅。

　　1946年，这座古色古香的建筑物成为新疆历史上第一座省银行的办公场所；1949年10月随着新疆的和平解放，这里又成为中国人民银行新疆省分行，名副其实地成为老百姓心目中的"大银行"，因为它是"政府的银行""公家的银行"，是可以信赖、放心、安全的银行。不仅乌鲁木齐市民存钱要存"大银行"，就连米泉、阜康、玛纳斯的许多人都不辞辛苦，愿意把钱存到"大银行"来。不为别的，只为"大银行"不仅象征着实力，更象征着信誉。

"大银行"在所有人的眼里，如同从历史的空间里走过的一位精神矍铄的老人，在经历了半个多世纪的峥嵘岁月之后，将匆匆的足迹留了下来。或者像一只鸟，在天空中飞翔，看不清地上的季节，只顾自己展着双翅，朝着前方寻找着属于自己的远方。

我想，"大银行"留给人们的，应该是现在被叫作故园的地方。这里的风景，都在大脑的深处沉淀起了一层厚厚的记忆。

1949年12月18日，乌鲁木齐市社会各界为庆祝新疆省人民政府和新疆军区成立，举行了盛大的游行活动。彭德怀、张治中、鲍尔汉、王震、陶峙岳、赛福鼎等将军和官员站在"大银行"那宽大的台阶搭建的阅兵台上，检阅由5万人组成的游行队伍 —— 而现在，那种见证伟大的历史时刻已经随着四季的脚步走远了，但是，这沉甸甸的令人激动的一幕，却恰似一首唱了多年的老歌，将音符和音韵刻在了"大银行"那厚重的石柱上了。

"一五"时期，"大银行"几乎集中了全疆的资金，全疆的金库就设在这儿。当时，它是全疆可以办理联行业务的唯一银行，1961年9月，它推出了第一个"储蓄专柜"，从1979年开始，"大银行"开始发放技术改造贷款和基本建设贷款，打破了30多年来银行只发放流动资金贷款的惯例；1996年6月1日至13日，"大银行"在新疆银行界首次承办申购发行了新疆第一支股票——百花村股票。在短短的13天里，"大银行"的主人——中国工商银行乌鲁木齐市支行的员工们，通过为全国35个城市的9437位客户提供全方位、多功能的优良服务，共完成新疆百花村股份有限公司股票存款、申购、确认、退款资金181.72亿元，创造了中华人民共和国成立以来管理最严、秩序最好、速度最快、服务最佳、到款最多、比例最小、差错为零的七个全国之最。

始建于20世纪40年代的"大银行"在走过了半个多世纪之后，随着风雨的剥蚀，逐渐变得有些衰老了。20世纪末期，乌鲁木齐危房鉴定所对"大银行"进行了鉴定，发现木楼板、木梁柱、木地板、木楼梯已严重腐朽，电路老化，采暖管线漏水；但通过对大楼的基础、墙体及原用建筑材料进行试压和对地质状况进行勘测分析，认为该楼主体结构没有下沉，墙体无开裂，基础部分所用片石、青砖、砂浆基本保持原样，坚固可靠。面对这样一幢具有文物价值的建筑物，是继续保留，还是拆除呢？"大银行"地处乌鲁木齐市中心繁华地段，如果拆除另建一座现代化金融大厦，使用效率可能更高一些，但是，"大银行"则将从历史上彻底湮灭无遗；如果在"大银行"原有的墙体上加高，也会破坏"大银行"原有的风貌。为了把这份珍贵的文化遗产留给后人，让"大银行"的风采永存，工商银行新疆分行毅然决定：保留"大银行"的原貌！

2002年5月1日，"大银行"改造工程正式动工！

改造后的"大银行"一楼为营业厅，面积为1500平方米，层高近10米。大厅顶部拱形多格镶金造型的天花板与华美的灯饰相配，地面采用进口花岗岩石材，通过各种石材的拼花图案把各个空间划分出来。大堂左边为现金业务区，以西欧古典的古铜装饰柜台充分突出布局的色调稳重；大堂右侧为非现金业务区，柜台以蓝钻岩和中国黑花岗岩石材相搭配，体现中华文化的传统和典雅。墙内嵌有ＡＴＭ机、各种打折机和存款机。墙面采用进口米黄洞石，并通过石材窗套把上下两层的窗户连接到一起，增加了墙面的气势。大堂的柱子柱座为黑金花岗岩造型，柱头和柱身都采用石材雕刻图案烫金。通往二楼的楼梯采用石质扶手，立柱配有造型独特的铜艺造型栏杆，柱头和吊顶的线头全用金箔贴面，大厅的各种廊柱、门窗镶有古铜，显出高贵、典雅的人性化特征。二楼不但为客户理财区，而且新开设的"金融文物展览馆"让人仿佛走进了新疆金融的历史文库，它陈列着古代、近代、现代和当代中国、中国西部、中国新疆出土和收藏的货币及金融文物资料。同时，大厅中还陈列着一尊由苏联铸造的高达４米、重达７吨的列宁铜像，它已有80年历史，在全疆乃至全国独一无二。

曾经如同一幅在首府悬挂了半个多世纪梦想的经幡，如今被整饰一新，重新站在了人们的眼前。"大银行"这座记载了辉煌也显示了光荣的建筑，终于走上了一条"返老还童"的路途。

其实，没有一成不变的真实，永恒的只有艺术。

"大银行"在午后阳光的照耀下，显得宁静而又肃穆。路过它的人们似乎都在用心去感受它那焕然一新的青春容颜的诱惑，好像它的每一处变化都在告诉人们，在乌鲁木齐这座拥有200多年历史的老城里，"大银行"的故事犹如春天烂漫的花朵，让人在细品了它的芳馨之后，还有许多美丽留在心头。

品味红山

也许，红山已经不在意路过它的人们过热的眸光和缓缓伸过来的手，只把自己淡淡的深情的笑藏在了它独特而又卓越的风姿之间。

这笑真蓝真淡，好像风吹熟的，又好像露珠哺育的，在香馨的夏季收敛的一怀悠远的回忆。

于是，这透天的绿碧淋漓成了过往行人心中永远挥之不去的风景。

那淡蓝色的笑，始终依旧随着云朵在飘，并在草甸的露珠上闪着光，像遥远的风筝唤起人们如烟的梦幻，也唤起红山太阳般火热、春风般自由的个性，倒映于蓝色记忆的河，不离不散地飘着，飘着。

红山位于乌鲁木齐市区中心乌鲁木齐河东岸，它犹如一条巨龙东西横卧于褐红色的砂砾岩之上，海拔910.6米，将高昂的龙头伸向乌鲁木齐河。

红山是乌鲁木齐市的标志和象征，是一座天然的山体公园，其最为独特的景观是"塔映夕阳"。红山宝塔建于1788年，塔高10.6米，为六面九级青砖实心塔。这座塔历经200多年的风雨变迁，至今完好无损地矗立在悬崖顶端，堪称乌鲁木齐一绝。

"塔影夕阳"是首府老八景中第一个奇特的景观。每当夕阳西照，虎头峰断崖红光熠熠，整个峰峦霞彩四射，在夕阳的余晖中，塔影斜长，呈现出独特的风韵，宛若神话中的宝光，又似瑶池仙境巧移红山。

关于红山宝塔的传说，相传大约有三种版本：一说是在远古时代，乌鲁木齐是一片汪洋大海，从天池飞来两条恶龙兴风作浪，海水消退后，两条龙就化为红山和妖魔山（雅玛里克山）。当时的都统尚安请准修塔，便在两山各修一座"镇龙塔"，期望镇山镇水，保城安民；一说是18世纪红山脚下的乌鲁木齐河连年水灾，百姓认为是瑶池飞来的两条恶龙变成了红山和妖魔山在作怪，因此，在两个山头各修宝塔一座以镇恶龙；一说是在周朝时，西天王母娘娘在瑶池举办蟠桃会，会上王母娘娘乘由青烈、赤鳞两龙所驾的云香宝与周穆王天子驾驭的由神骑、宝驹马驾的青铜车比赛。王母娘娘在比赛中因输了大怒，将两条龙贬入瑶池湖底，经过千年苦练，两条龙化为如今的红山和妖魔山。乾隆五十三年，天逢大旱，两条龙企图游到一起，隔断乌鲁木齐河，当时掌管乌鲁木齐的都统尚安得知消息后，请道士在两座山顶上修塔镇妖。

传说，神话，眼前的绿色、鲜花，往来如织的人们安恬平静地漫步，都给红山蒙上了一层神秘而又神奇的色彩。

整个红山览胜，除了"塔映夕阳"之外，还有古楼揽月、卧龙喷泉、石碑英烈、南湖泛舟、虎头赤壁、吉坛遥寄、佛庙云烟、双鹿迎宾、林中栈道、千木峥嵘、趣话红山、奇妙生肖、珍奇洞、太白崖洞、红山观瀑、空中索道、电脑喷泉、奇能滑道、飞龙速滑、揽秀园等景点。

在这里，体现了一种人类和水天然的渊源关系。红山一流的旅游环境和周边大面积的自然绿化，使整个红山的人文内涵、生存空间和古典特色更加具有了一种高规格的品质。

这里的天空，更蓝；树，更绿；花，更艳。

昔日的红山，是一片荒山秃岭。从1958年开始，全市各族军民凿石换土，修渠引水，植树造林，修路架桥，建造园林景观，将红山公园建成了一座美丽的山体公园。

多少年来，许多文人墨客登临红山，都留下了诸如"云亭出树玉阶碧，高塔临崖落日红""插天侵碧落，倒影压红尘；风月任来去，云霞共逡巡""凤岭寒烟迷翠霭，龙峰落日闪红岚""他山不与此山同，天外奇峰落半空。疑是蛰龙慵布雨，分明卧龙怒生风。新亭静谧花丛畔，古塔巍峨暮霭中。神庙已随天火化，峭岩犹伴晚霞红"等脍炙人口的篇章。

红山公园独立于首府乌鲁木齐市的街景之中，这里的风清新可人；这里的空气，荡漾着芬芳；这里的夏季，温馨浪漫；这里的冬季，让人想到了回家的路……

清新自然的呼吸，清澈透亮的山景，剔透明朗的古典，优雅无痕的历史与现代文化的完美组合，把人文精神的浓郁情怀，多彩生活的完美享受，恰似云中城堡接天碧玉地推到了人的面前。

许多年前，我曾经来过这里；现在，我们再次来到这里，一切如昔，城市的喧嚣没有漾起一圈涟漪，高楼大厦没有留下一丝阴影，当年独守一隅的山体公园，至今仍然空气清新，草木葱茏。

大西北的土地，有风，很静，漠野茫茫。

但乌鲁木齐夕阳下的红山，却一片赤色，让阳光融化于土地。

红山给每一个经过它的人们安排的生活氛围是坦荡和从容，你可以早晨起床后，沿着绿色的小径散步或长跑；也可以躺在绿地上，等候着阳光从你的脸上、身上悄然走过；或者静坐在林中，倾听鸟的啁啾和公园里孩子们的嬉笑；甚至在这片静静的氛围中，展开你的思绪细细地阅读，让它在四季的风里，在每一个属于你的时刻，让它的365个日子随时放飞你的心情……

山体公园，建筑里的园林，美的魅力，在每一条铺满鲜花的小径里延伸，在每一个角落中流动，源于自然，高于自然，驻足者的尊贵、大方和从容、优雅，在宁静的时空中变成了一曲和谐美妙的旋律在时光的境界里婉转传响。

红山绝对不是人们平常所看到的那种普通意义上的公园，那些虽然也叫公园，也能体现城市拥挤之后的宽松感和满园的绿色，但是，那种公园太优越了，如同盆景，安身于苑圃之内，植根于沃土之中，瘠了有人施肥，旱了有人浇水，它已成了同类中的贵族，成了园林中的客人，成了这个世界多样性的点缀。

可是，红山公园则不然，它站在四季的风里，始终在唱一首生命的歌！在春天，它带着笑意，绽放浓浓灿灿的香花，而后，又悄然收敛一抹嫣红，依着绵绵的爱，为秋天献果。霜降，等待它的不是凋谢，更不是死亡，它已然熟透的身躯或许被肃杀冷气镀上了一层红晕，但它却向深秋和逐渐走进的冬季展示着它冷艳的成熟和北方山一样倔强的个性。

还有冬天，它挑起的，是一轮红彤彤的太阳！

阳光，绿地，野趣，传统与现代人文主义的密切黏结，纯粹的大自然的风情，宁静，浪漫，别出心裁！在洒满阳光的午后，坐在红山公园内的露天冷饮摊上，细细品味这种有着万种风情的人生情调，沉醉于琳琅满目的经典街景，那是什么感受？

红山，拥有上万亩属于自己的生机盎然的绿地，绵延起伏的山体和别具一格的由成行杨柳摇曳倒影的乡村似的小路……

它望你的时候离它很远，你望它的时候离你很近——红山让每一个路过它的人的心灵世界在安宁、恬淡中飘成歌谣，它留给人们的，是永远的梦境！

　　于是，在中国的西部乌鲁木齐，红山就好像一堆静静燃烧在天地之间的篝火，把千里万里无声的旋律释放在缤纷的光辉里，从而成就了许许多多的热血精英一种又一种的人生轮回……

清幽的书简

水磨沟风景区对我来说应该算是太熟悉了。十多年来，它的每一次变化，都让我由衷地产生过许多感慨。

记得还是1990年的冬天，天刚下了一场雪，很大，四野白茫茫的一片，让人一下子就可以联想起许多惬意的故事。我的一个很要好的朋友当时正处在热恋之中，两人执意要约我一同去水磨沟公园看雪，说水磨沟公园的雪是很好看的。那是我第一次去水磨沟公园。

我们从后山一路攀缘而上，只见白雪皑皑之处，漫山遍野的树木掩掩在雪被之中，山下的水磨清泉已凝结成冰，不远的清泉禅寺禅音鸣响，香火青烟袅袅……我们站在山顶，屏住呼吸，凝神静气，仿佛与雪共同融入一种圣洁之中，我们每一个人的心都被那种庄严、肃穆、纯洁和历史的悠远深深地打动了。回来下山的时候，我们谁也没有说话。那一刻，给我留下的印象太深。

后来，那场雪终于促成了朋友一桩美满的姻缘。当聚会的时候，我们都会不由自主地谈起水磨沟公园和那场适时的春雪。

水磨沟风景区的那次踏雪由此融化成了我灵魂的呼吸！

现在的水磨沟风景区已今非昔比了。

公园大门以明清时仿古建筑为蓝本，为了苛求新颖别致的艺术效果，大门入口采用大跨度半圆形造型，巨大的弧形线条与水磨河水奔流而下的形象互相映照。门楼采用叠楼式仿古制式，占地285平方米，无论远看近看，均给人一种强烈的视觉冲击。

紧连大门的九龙桥为仿古式桥，与大门建筑风格完全协调，两侧人行道设有24根汉白玉雕栏柱，柱头刻有精美的石狮，每根栏柱上的石狮造型各不相同，暗喻一年24个不同的节气，寓指人寿年丰，吉祥太平。

掩映在古树参天之中的清泉禅寺依然晨钟暮鼓、梵歌高扬。与以往所不同的是，陆续建成的大雄宝殿、天王殿、观音殿、地藏殿、山门和左右厢房等初具规模的汉传佛教寺院建筑内外，善男信女熙攘不绝，或顶礼膜拜，或焚香许愿……漫步于清幽的水磨沟公园，一幅幅新砌筑的碑刻如一股清泉向你涌来，恰似品尝一杯淡淡的绿茶，沁人心脾，这就是翰文岭。它是一座汇集古代文人墨客游览水磨沟时抒发情感时留下的诗文的文化长廊，全长360米，镶嵌并刻录诗文及维吾尔书法作品41幅。其中清代大学士、四库全书的总编撰纪晓岚在此留下了"界破山光一片清，温敦流水碧泠泠；游人倘有风沂兴，只向将军借幔亭"的描写水磨沟温泉的幽雅与细腻、风情与浪漫的诗句。

在翰文岭的一隅还集中展示了新疆的岩画艺术，它融汇了天山南北草原戈壁远古先民的生活和理念，记述了久远的文明。在翰文岭的末端，一泓飞瀑溢出，隐龙带着泻玉桥古色的典雅洒进清池，构成了一幅幽帘画卷，体现出精美的园林气质。

水磨清泉容纳天山雪水，自地下喷涌而出，激流成河，成为养育乌鲁木齐各族人民的一条母亲河。清光绪三十三年，新疆藩司王树楠利用水磨河修建一座"官水磨"供军需加工面粉，而后工商业户仿效沿河建磨，始成规模，水磨沟区因而得名。如今，当你走进水磨沟公园，仍然可以透过水磨河上那座占地面积21平方米的仿古式钢架水磨房，看到昔日农家日出而作、日落而息的田园般的置身于世外桃源的生活情景。

走进水磨沟风景区，也就走进了人间的亲情、友情和爱情的"今生缘"。伏羲女娲浮雕、明盟碑、连心亭、同心崖石景、鸳鸯蝴蝶树等不同造型雕塑向人们展示着人生的挚爱情怀，那把心形巨锁的中央，端端正正地刻着大大的"缘"字，以其两排形状逼真的鸳鸯蝴蝶把百年恩爱、情同手足、舐犊情深、相逢有缘的内涵刻画得淋漓尽致；而临旁的"坎坷路"更向人们阐明了在充满艰难的人生路上，不但需要自信和勇气，更需要团队的精神和人与人之间的帮助……

步入水磨沟国家AAA级旅游景区的白塔山，依然矗立在青色草滩与蓝天下的白塔，傍依雄伟的博格达峰，在银蟒峰峦之下以其尊贵、庄严宁静和淡泊成为首府乌鲁木齐一道绚烂的彩虹。这尊白塔为典型的佛教式传统宝塔，是仿北京北海公园内的白塔构筑而成。白塔共分三层，每层楼台上都环绕有汉白玉雕花玉柱，塔身底部雕刻有十二生肖像，喻示年年风调雨顺，世世平安吉祥。塔高17.1米，建筑面积460.53平方米，是西北五省区迄今为止仿古建筑式新格局的第一座白塔。每当傍晚降临，白塔周身的五彩霞衣霓虹闪烁，伴着天籁遥远的星星共舞着午夜时分的柔情和浪漫。

风景区内还有"一炮成功"的仿古炮台，是乌鲁木齐市著名的爱国主义国防教育基地，始建于清朝末年。1865年，中亚浩罕国的高级将领阿古柏在俄国、英国和土耳其等帝国主义国家的支持下，自任总司令，统兵6.6万余人，一路烧杀掳掠，先后占领喀什、和田、库车、吐鲁番和乌鲁木齐等地，所到之处大开杀戒，民生涂炭，在新疆建立血腥统治达12年之久。当时，陕甘总督左宗棠以"东则海防，西则塞防，二则并重"为论力克李鸿章的"弃西说"，1875年，清政府加授左宗棠为钦差大臣，督办新疆军务，决定征西。左宗棠历经运筹，任命刘锦堂为前敌总指挥，统领近六万名以新疆、湘、豫、蜀兵丁为主力的大军，于1876年8月12日至17日在米泉古牧地，一举歼灭敌军六千余人，并将侵略者逼进迪化（今乌鲁木齐市）城内，而后，在该城六道湾山梁架起大炮，向城内开了一炮，炸塌了一处围墙，将士奋力登城，再歼敌逾六千人，胜利光复了乌鲁木齐。之后，清军乘胜追击，收复了全部被占领土，"一炮成功"随之得名。

可以说，"一炮成功"是中国近代史中的一座光荣丰碑。

水磨沟风景名胜区内还有位于亚洲中心、世界上离海洋最远、占地面积4170亩的雪莲山高尔夫球场和总占地面积12万平方米、集疗养、康复、治疗于一体的乌鲁木齐温泉疗养院以及葡萄山庄、风情山庄……

其实，在我们的生活中，每一分钟都会开出许多花朵，而每一秒钟又都有几片落叶飘下，每一段时光都会给人留下些许回忆，而每一件事物都在影响别人的同时又被别人影响着。而水磨沟风景名胜区，却在我的记忆中成了一种例外，变成了一种永恒！每次来到水磨沟风景名胜区，悉心去感受这里的一草一木和每一级台阶上留下的足印，心里总有一种回味一种震撼，仿佛在深读一卷清幽的书简，让我的记忆被割开，往事流了一地。我只觉得眼前的春翠和历史的声音正循着脚下青石板铺成的台阶一步一步向我缓缓地走来。

也许，这"离城六七里，胜地觉幽深，树色添岚影，溪声杂鸟音"的境界对我来说是一种超然物外的奢侈；也许，这得天独厚、青山叠翠、百泉汇集的水磨河本身就让历史和自然化作了风情万种的生活园区，可我却把它看成了一卷书简，一卷可以怡养心性的自然和文化的大书。当我拾级而上的时候，我看到了它正站在绿叶丛中静静地等我。

走近塔克拉玛干

终于在离开了很久以后，我又回到了故乡。

带着一种对童年生活的怀念，我始终忘不了在生活的艰难时期对塔克拉玛干所郁积的那种特殊的情感。虽然那时固守着透风的清贫，但是，那段在塔克拉玛干待过的岁月，却让我学会了感激。

驰车眺望，江河依旧，那黄褐色翻滚的沙浪以及那些堆砌的沙梁都在一望无垠的戈壁滩上睡成千古原始的宁静。

看上去，这里决然不是沙漠之海，黄绿相间的草甸在长空下遒劲地疯长，顽强地延续着生命。深灰色的苍茫，令人感到冬天正带着死亡缓缓走近。那条瘦瘦窄窄的公路，宛若大海上缥缈的航道，守望着一怀遥远看着它伸向天际。沙梁在沉睡中扭动着身躯垒成的段段土墙，蜿蜒游动，将视野一直牵向无垠。公路两旁的一排排电线杆，一根连着一根，几条银线在千里瀚海中孤独地倾听着岁月无声的语言。

多少年过去了，这里好像风光依然，俨若一片死去的海，生命在这里顿足。

以前那些摇曳的胡杨和独歌的风铃哪里去了？微风中我问自己。我只知道，塔克拉玛干沙漠东西长约1000公里，南北宽约400公里，面积约33.7万平方公里，仅次于非洲的撒哈拉大沙漠，居世界第二位，是我国最大的沙漠。塔克拉玛干流动沙丘面积广大，常年"搬家"。这些沙丘高大密集，重峦起伏，一般高达50—150米，最高的在200—300米。进入沙漠，犹如置身在鳞次栉比的摩天大楼楼群之中。在沙漠的腹部，耸立着两座红白分明的高大沙丘，当地人称为"圣墓山"。这是第四纪冰川时期，由于造山运动引起陆地抬升，由红砂岩和白石膏组成的沉积岩露出地面的结果。在圣墓山上，借助风力的微妙作用而形成的风蚀蘑菇约有三人多高，蘑菇伞下可容纳十多人，奇特而又壮观。

从高处远眺，垄状复合型沙山和沙垄、蜂窝状沙丘、羽毛状沙丘以及鱼鳞状沙丘和塔形沙丘群，宛如憩息在大地上的一条条巨龙，其高度和规模使雄奇的金字塔黯然失色。

沙漠边缘以及沙漠内部的河谷地带，由于水分条件较好，生长着密集的胡杨林和红柳丛，成为沙漠中天然的绿色走廊。塔克拉玛干，维吾尔语意为"进去出不来"。这个名称的来源出自一个神话：很久以前，在干旱酷热的塔里木盆地，人们渴望引水种田，有个慈善的神仙，他有两件宝，一件是金斧子，另一件是金钥匙。他把金斧子交给了哈萨克族人，让他们用金斧子劈开了阿尔泰山，引来了清清的山水。他想把金钥匙交给维吾尔族人，让他们打开塔里木盆地的宝库，过上幸福的日子。不幸，金钥匙被神仙的小女儿玛格莎丢失了。神仙一怒之下，便将她囚禁在塔里木盆地。从此，塔里木成了进去出不来的地牢。天长日久，盆地逐渐被沙化了。

也许是塔克拉玛干的干旱使然，存在了几千年的罗布泊最终变成了一处干涸的龟裂洼地。罗布泊原是新疆最大的湖泊，也是全国较大的内陆湖之一。南北长约140公里，东西宽24公里，面积3000多平方公里。《汉书》称它为蒲昌海，《史记》称它为盐泽。北魏郦道元所著的《水经注》

又称它为牢兰湖,《大唐西域记》里称之为"纳缚波"。罗布,即江水之旁,泊即湖泊,意为"汇入多水之湖"。

在罗布泊,还流传着一个动人的故事:"罗布泊是一位美丽的仙女变成的"。这位仙女性格活泼,调皮好动,每当夜深人静,月儿初升,她就披着银辉,迈着轻盈的步子,时南时北,凡她走过的地方,立即泛起涟漪,涌起闪耀的湖水。所以罗布泊被地理学家称之为"游移湖""交替湖"或"漂泊湖"。后经科学的勘测,才证明罗布泊并非游移。

所有的传说都像时光流逝一样已经走远。但是,我国著名的科学家彭加木、年轻的旅行家余纯顺却是千真万确地客死于罗布泊。至今,余纯顺的墓仍在万顷沙海中凄楚地矗立着。塔克拉玛干从此在我的记忆里被蒙上了一层神秘的面纱。

泰山不让土壤,故能成其大;江海不择细流,故能就其深。塔克拉玛干以其磅礴的气势为历史留下了一部部史诗,一首首如泣如诉的歌谣。

拎着沉甸甸的童年往事,我在塔克拉玛干无尽的荒原上漫步踯躅。眼前是一条宽阔但在深秋的低回中几乎已经断流的河床,河床两岸长满了裹着晶莹剔透、金黄灿灿的胡杨林,几幢小屋,坐落在和一株株胡杨相间的空旷地带。炊烟袅袅,一阵阵清新的风带着林区特有的清爽在林间缭绕回荡,说不出的那种感受,让人心旷神怡。儿时,我就在这样的环境中怀揣着一种热望,一种梦想,编织着属于自己也属于未来的斑斓。母亲用一生的心血养育了我,同时又用胡杨的清高孤傲为我支撑着终身都受用不完的气节和风骨。生活告诉我,一个人不可能一辈子把生命的一切都维系在故土上,岁月的变迁往往促成了每一个人不同命运的重新组合。终于有一天,我像挣破笼子的鸟儿被放飞天空,当我飞得很远,几乎再没有机会回望故乡的时候,我陡然发现,在我思想的骨髓深处,我已与胡杨林、与塔克拉玛干那片人迹罕至的广袤和深沉结下了深深的故乡情结。

几十年过去了，当我蓦然回首，故乡的风，故乡的云离我竟是这般的近，近得一步之遥就能抓住故乡的影子。那一排排经过多年栽植的"三北"防护林网，那些已然被现代文明的车轮碾压而过的沙漠公路以及不断扩张已经初具规模的边陲小镇，都在好奇地审视着我的归来。"少小离家老大回，乡音未改鬓毛衰。儿童相见不相识，笑问客从何处来"。贺知章那首脍炙人口的《回乡偶书》就仿佛一片云彩从我的头顶上空飘过。

但是，小镇并没有因为历史的推移而改变了旧有的面貌，大街小巷古时的遗风仍在缓缓流传。以步代车的交通工具依然是"得得"作响的马蹄声。人们虽然远离外面的世界，但却没有隔断来自外界的商品意识的融汇。各种土特产在街区的繁华地段堆成一片片的集市贸易圈，形成具有民族特色的商品一条街。

再没有迎面而来的熟悉面孔远远地迎着你的视线，再没初来乍到时那一种亲切在微风中亲吻着你的脸庞，有的，仅是惘然若失的感觉和一怀拾捡失落的心情。

可能不同的人都有不同的活法。注定一生都要去漂流的人，又何必去在乎匆匆远去的风景呢？塔克拉玛干，我曾用最虔诚的信念仰视过你的博大；如今，我又用最真诚的祈祷祝愿你在不远的将来，会以绿色的包容让所有走进你视野的人情满旅途。

我想，这样的日子，总会来的。

出水莲子

第一次见到莲花湖，就仿佛看到了一位久别的情人在痴痴地等我。

没有千红一笑，没有万艳同春。有的，仅是无垠的湖水荡漾的微澜。出水莲花在水中亭亭玉立，含笑春风。成片的芦花在深邃的寂寞世界里独守一方浩渺和空蒙。

芦花和苇荻编织着莲花湖精巧的构思。

芦花在蓝色的天宇调色板上勾画着一片灰黄的色调，青绿色的芦苇是它展示婀娜身姿的巨大画幕，深远的天空和由窄入宽的湖道衬托着一种妖冶和美丽。

长满芦苇的湖床曲径通幽，芦秆高大挺拔，清秀的叶片在阳光下脉脉含情，犹如莽莽的林海，忠诚地守护着脚下的千顷水域。所有的景点都恰到好处地架在一座座巨大的浮船上，往来穿梭的游艇在湖面上纵横驰骋，游人在拖曳的浪花里倾听着湖水无声的语言。片片芦苇荡之间，长满了粉红色的莲花，宛若心形的莲叶静静地浮在水面，那清高孤傲的姿态和着苇荻的鸣响，在万顷碧波中风情万种。

莲花湖源于中国最大的内陆淡水湖人称瀚海明珠的博斯腾湖，因盛产莲花而得名，是孔雀河的水源头。距库尔勒市25公里。湖中芦苇茂密而挺拔，湖水靛青黛蓝，湖心水域开阔，水深1.5 — 1.7米，清澈见底。

夏秋季，野鸭、大雁、鹭鸶成对成群，翠苇盈荡，水巷曲折，鱼跃鸟翔，荷花开放，有诗赠曰："草蒲碧莲分外香，金苇芦荻入画黄，泛舟览景忘暮归，边塞湖光赛苏杭"。

莲花湖在岁月的长河中还遗落过许多动人的传说。它曾经是开都河注入博斯腾湖的一条河道，原称流沙河。相传玉皇大帝帐前卷帘大将因酒醉后违反天条，被贬入凡界，投胎入住流沙河。大唐圣僧玄奘去西天取经，途经流沙河，本着拯救万事万物的慈悲之心，收留了卷帘大将做了三徒弟，取法名沙悟净。开都河由此被蒙上了一层传奇的色彩，几经流传，源远流长。随着时间的推移，开都河多次改道，留下一湾湖水，发展成为现在的莲花湖旅游区。

昔日玄奘的马蹄犹在敲荡着耳鼓，历史的陈迹仿佛一首袅袅回响的鼓点，在莲花湖畔余音绕梁，娓娓不绝。

我感觉，我已经站在了惊涛拍岸的海边了，一种不愿离开，却又不能不离开的悲壮沾濡了我的全身。这和我见过的大海的印象叠在了一起。海的静谧，海的温柔，海的神秘，同时面对着我，让我的心情随着轻缓的水流，慢慢化开去，使我不由地感到一种安慰，一种温暖，像是秉承了母亲温柔的抚摸，那抚摸让我顷刻之间领略了海风的呢喃和涨潮时海涛的轰鸣。

湖水的潮浪波动着莲花，那面如桃花，粉若新娘，有着沉鱼落雁之容的花朵，灿烂地笑着，笑得是那样纯洁，笑得是那样迷人，甜美的笑中含着甜甜的柔情蜜意向我涌来，那种美，让我感到仿佛是一串流动的音符，又好像是一幅没有经过任何修饰的自然画面，让你想走近却怎么也走不近，想离开却怎么也离不开，情感就这样被一只无形的手牵着，静静地走入一个美丽的神话。

　　裸露的莲子，青碧的莲叶，随着阳光的节奏，在湖水与芦荡之间轻轻舒展着青春的脊骨，缓缓流水，伴着一池芳菲，在金秋的风中挥洒着风情。没有刻意古板的情调，有的，仅是潮湿的感情和延伸的思绪在碧水中流淌。

　　生于斯、长于斯的杨天平、郑海英夫妇，是带着一份对友人炽热的情感陪我遨游莲花湖的。他们用生活的妩媚浇了我一身的碧绿。

　　在他们眼里，熟悉的莲花湖没有任何神秘感，永远是一湖古朴装点出的平凡的湖水，素雅得没有一点能让他们感到惊奇的地方。在他们的额前，都曾经让岁月的犁铧犁出了浅浅的岁痕，就像一片黄土地，在你感到它丰腴的同时，不得不去审视它历尽的沧桑和渡过的困难时期。他们慷慨而歌，在堆满鱼宴的餐桌前，用一种独特的方式，把对生活赤诚的感情写进了莲花湖。他们都想把故乡的山山水水描绘成一幅多彩的蓝图，让所有的人都来开发和建设好自己生活过的那片热风热土。因为，在故乡，在漠北，他们知道，热爱生活才会去创造生活。美，只有被赋予了实际意义上的内涵，才会有真正的价值。了解莲花湖，进而用自己的努力和影响，去把美的生活传递给更多的人，这个世界才会充满芬芳，充满色彩。

　　看着杨天平、郑海英夫妇平静地坐在船头，深思地望着一片片青碧的芦苇湖，让眼前海潮的湖水缓缓地、缓缓地向远方流去，我忽然感觉一种非常遥远的东西已经向我走近了，清晰得可以看到隐隐约约的表情。那该是什么呢？那是湖上一叶小舟，还是一尾鲈鱼迅疾跳跃的瞬间？也许是范仲淹的《江上渔者》："江上往来人，但爱鲈鱼美，君看一叶舟，出没风波里"的素描？其实都不是，那是永恒在被净化之后露出的非常自然的海的缩影。

可能，生活本来就是一袭彩衣，让人在欣赏之后还会把美留在心头。就如这莲花湖，其实它本身就很美，只是因为生活在瀚海深处，它的美被埋没得太深，它的美才来得太迟。不过，只要是美的东西，不管身居何处，只要活得有特色，也就活出了意义。人，不也是同样如此吗？

告别莲花湖，我把深深的爱留在了那里。

伴着夕阳远行

大西北的落日，真美！

依着绵延起伏的沙梁，在浩瀚如海的万顷戈壁上，以冲天的磅礴之势徐徐下沉，就像一叶张帆于波涛中的驳船，迎着彼岸，缓缓远去，愈来愈小，愈走愈远，渐渐地，只剩下一个点，一个璀璨的金黄色的亮点，然后，再猛然搅起几缕天边的晚霞，深情地站在光芒里，静静地回眸片刻，便随着沉去的云彩融进了遥远的地平线。

斯姆哈纳——中国西部第一村，2000年12月31日19时25分，让我在这里吻别了20世纪最后一缕阳光！

"一千年的太阳，被一千匹骏马驮走了，带走了一千年的夜与昼，驮来了又一千年太阳，把光芒撒满一千个地方……"

"以玛纳斯一千年神灵的名义，愿山有一千年白雪的覆盖，愿水有一千年的歌唱不断，愿我们的祖国繁荣昌盛，愿天下人，有一千年流着酥油的生活……"

被世界学者誉为"当代荷马"的84岁的居素甫·玛玛依老人在70名诵诗歌手和20名金雕勇士的簇拥下，开始领诵新疆克孜勒苏柯尔克孜自治州有史以来最为壮观、恢宏、最为传奇的英雄史诗《玛纳斯》。

那歌声将来自全国各地的宾朋、记者和上千名身着盛装的柯尔克孜族群众汇聚在一起，将20世纪最后一缕阳光目送到帕米尔高原的崇山峻岭之中。

阳光、晚霞、落日、群山都是一样的，无疑，现在这缕夕阳却让我整整走过了一个世纪！

毕竟，人们赋予了它太多的内容和内涵，眷念让所有过去的日子都变得荡气回肠和刻骨铭心。

就像河水，犹如古希腊哲学家赫拉克利特所言：人不可能两次踏入同一条河流。

一条以帕米尔为主题的文化脐带，将世纪的更替、岁月的轮回紧紧地联结在一起。高原上那种古老、淳朴、原始和蛮荒在这条脐带上缓缓地流动着一个民族的兴衰与荣辱。

萧伯纳说："人生不是一支短短的蜡烛，而是一支由我们暂时拿着的火炬，我们一定要把它烧得十分光明灿烂，然后交给下一次的人们。"

"子在川上曰：逝者如斯夫！"

青山依旧在，几度夕阳红！

斯姆哈纳，如果不是自己得天独厚的中国最西端的地理位置，如果不是第一个送走20世纪最后一缕阳光的村庄，恐怕没有去过那里的人们永远也不会知道它的名字。

这里的群山、草原、炊烟和戈壁，并没有因为这一次百年一遇的盛典而改变它的模样，似乎一切还是从前，只是斯姆哈纳从此让世界了解了这里。

但是，我们不能否定这里的存在装满了寂寞。很多东西在沉默之后便被人们遗忘。人的足迹、牲畜的蹄印，清晰而散乱地写在帕米尔高低起伏的高原上，如同自然界不经意地在上面点缀过的岁月篇章。

　　这里的河流大多是季节河，而这些季节河的生命历程似乎都很短，短得一年里有三分之二的时间处于死亡状态。

　　干枯的季节河干裸着河床，任牧人手执牧鞭，在大风刮起的细小沙尘里放牧羊群，在枯草的摇摆中行走。其实，当我们远远地在辽阔的高原上站定，眼望一轮夕阳在洒尽辉煌之后徐徐沉落，新的生命伴着黎明已悄然诞生。

　　不远处的斯姆哈纳边防站以冰冷名世，那一座哨楼，就是镶嵌在天山与昆仑之间的巍峨冰雕，在百年梦想中站成了永恒的孤独。永恒中，所有的冰峰和飞雪已经握别了大海。

　　只是伊尔克什坦口岸在用一个火红的色彩为南来北往的旅人宣泄着漂泊的气氛。

　　已经没有生命的季节河的河床成了道道车辙，那些匆忙走过的人们背负一个个梦想，好像是在从一个熟悉的村庄走向另一个陌生的村庄。

　　在我看来，这已然落满雪花的村庄，在洁白丰满静寂无声的胸膛上，刻下的送别20世纪最后一缕阳光的痕迹，更像一首寒冷的诗，不是吗？

　　整整一个世纪过去了，时光走得快如闪电，悄无声息。而沉静的山，无水的河，还有寒风疾行的草原，就这样在冷清的季节里，整整站了一个世纪。好像所有的一切都在昨天。风雨把山脉剥蚀成了谷地，谷地经过地壳运动又隆起为山脉，自然界永不停息地毁灭与创造，在当地的牧民看来，这些都和自己没有关系，他们关心的，只是生生不息的草场、牧群和家园。还有什么可以更好地慰藉他们饱经沧桑的心灵呢？

　　苦难留给人们的永远是伤痕。贫穷、封闭、落后和愚昧，带给人们的是战争、杀戮和死亡。

　　明天的太阳就要升起来了，天上零星的雪花飘落着，犹如洁白的丝带在飞舞。这些春的使者，虽然在严冬、酷寒和冷霜面前，显得脆弱和无助，但是它们一旦融入大地，和大地母亲的身躯连为一体，就会爆发出前所未有的遒劲和韧力，去向死亡挑战，去和绿洲会合，去做一次神圣的涅槃，大地奉上一曲无声的颂歌，然后用自己的香消玉殒去保护春天生长出的一片片草地和一簇簇胡杨。

那雪白得不染纤尘，只有一抹淡淡的素白，像是巍巍群山脚下的冰川融水，静静地滑飘而行。蓝天白云连同冰峰覆盖的雪冠倒映在波光之中，在碧绿里透出蓝色的底蕴。

争雄斗胜、虎跃龙腾的情景过去了，不久浩荡的春风就要吹来，催开催绿各种生长于崖边、戈壁和山脚下的许许多多不知名的花草，一朵一朵，一片一片，甚至几十朵、几十片。这些花蕾和水草拥着山野，按捺不住迫不及待的心情，迎着春天明丽的阳光，洋洋洒洒地绿了，绽开了。

宁静的牧野，宁静的群山，用粗犷、坦荡和自然细腻表达着赤裸的心灵想唱的歌谣。这歌谣唱就唱得石破天惊，喊就喊得心旌摇曳，让石头淌出泪珠，让情歌留住深情。

雪飘落的地方，草绿了；河流经过的地方，庄稼绿了。因为河流，土地变成了田野，伴着用木栅栏扎成的羊圈，生存的人们成了庄稼人，流动的帐篷变成了固定的冒着炊烟的家园。人们不仅可以在传统祭牲仪式上猎鹰、叼羊、赛马，围着篝火欢呼雀跃，而且还可以以各种定居的方式来祝捷、放歌和舞蹈。生活好像在这个时候就变成了一杯甘醇可口的流着酥油的奶茶……

炊烟袅袅，飘散在乡村的上空，那种清淡与安宁，是一种繁衍与生活的氛围。

　　而现在，当我看到一批批来自天南海北的人们蜂拥而至，来这里奔跑着传递着告别20世纪最后一缕阳光的信息，我珍藏在心间的那份呐喊终于复活了：请给一个本来淳厚的村庄以一片宁静罢。还自然于这大山，于这帕米尔。它们并不需要一种粉饰，一种包装，一种形式，它们只需要一种内容，一份简单的幸福和幸福的愿望。即便是一种被牧歌唱响后努力走回来的声音，即便是被风雪抽打的脸上甜丝丝的感觉。它们走不出自己的视野，只希望在远远的视野边缘，文明、富裕、发展和绿色的树、白色的云站在一起。

　　昨天已经走远，那20世纪的最后一缕阳光，在落入地平线的那一刻起，今天已经开始了。

感受沧桑

一座座与死亡抗争的雕像！

一种站了几千年至今还站在沙风漠海中顶礼叩拜着历史辉煌的沉默！

位于新疆阿克苏地区拜城县境内的克孜尔千佛洞经过新疆龟兹研究所的文物工作者多年的悉心调研，被认证为其保存的佛教本生故事画和因缘故事画种类和数量均居全国石窟之首。

克孜尔千佛洞壁画中现保存的本生故事画共135种400余幅，因缘故事画约70余种上千幅，其种类和数量之多，不仅居全国石窟之首，在国外也属罕见。

据了解，我国的石窟佛教故事画主要有本生故事画、因缘故事画、佛传故事画和供养故事画四类。克孜尔千佛洞佛教本生故事画和因缘故事画多采用菱形格的表现形式，其壁画用色以石青绿为主，人物形象多用铁线勾勒与色彩晕染相结合的表现手法，曾给后世中国画以巨大影响。

当然，克孜尔千佛洞的存在意义不仅于此。

眼下，是千年河水经年剥蚀留下的河谷。河谷两岸，赤裸的童山上几乎见不到一棵植被，哪怕是一株随风落下的草籽偶然生发的野草，甚至是一簇自生自灭的铃铛刺或白梭梭，也决然找不到影子。倒是在河谷的中央，却长满了大片成株的白杨、红柳和芨芨草。那与克孜尔千佛洞浑然一体的模样，极像古代文明的裂缝中流出的新鲜血液，让人的思想由激动而至澎湃。

整个洞窟被完全封闭在一个小小的世界里。高悬的砂岩岩层上，被凿成上百个大小不一的洞室，洞室的墙壁上画满了形态各异的僧侣和佛家弟子的肖像，每幅画像又程度不同地给人们讲述着一个个鲜为人知的故事。

往事如烟。不论是那些来自异国、为了发旷世横财的掠夺者，还是为了捍卫民族文化，不惜以身殉职的道士，他们都在这幽幽河谷中最终湮没了自己。

克孜尔千佛洞文化研究所的研究人员告诉我，克孜尔千佛洞是古希腊文化、印度文化、波斯文化和中原文化的重要载体和佐证，但由于年久失修，自然风化和异教文化的渗透，几乎让整个文明成果蹂躏得伤痕累累。日本人对佛教文化的崇拜又在某种程度上挽救了克孜尔千佛洞行将毁灭的命运。他们通过各种渠道募集了一笔为数可观的费用用于千佛洞的维修和改造。有功德碑可以作证。

之后，热心的向导又带着我沿着前山和后山两处游览区观看了许多保存尚好的洞窟。攀缘的石阶很陡，像是要斜刺着插入云霄。每座石窟的顶端都用钢钎打桩做基础，然后用混凝土浇灌出挑出的楼顶平台，这样，便省却了洞窟因长年雨水侵蚀造成的自然损坏。

洞窟全部悬半空而建，内有佛家弟子坐禅诵经的地方。穿过窄窄的甬道，在宽坦处，僧人卧榻休憩的石屋清晰尚存，石屋的岩壁上还留有取光的灯台。可以看出，这种巧夺天工的建筑，不仅为了预防河水暴涨时淹没这些文化遗址，更重要的是，可以有效地阻止人为破坏。尽管如此，洞窟最终还是被毁坏得惨不忍睹。那些一尊尊和蔼慈祥的面孔上，被刻划得伤痕累累，用金丝玉镂镶镀的佛衣和袈裟，金镂已被全数刮去，剩下的，是岩石原始的裸露和惊诧不已的悲哀。

最后，狂风和沙暴成了主宰这块文明壁画的神灵，地震频频光顾，仅有的让人神往的那一丁点儿自豪也被大自然风化得支离破碎。

20世纪上半叶，终于有一个铁骨铮铮的中国油画家、旅行家韩乐然来到了克孜尔千佛洞，面对比血雨腥风更加残酷的洗劫，他喊出了"一定要保护中国自己的文化"的呼声，并于1946年6月16日为克孜尔千佛洞整理编写了75个洞窟的资料，其中在一处废弃的洞室里刻下了自己的誓言。1947年，韩乐然乘飞机赴嘉峪关不幸失事遇难。几十年过去了，各种洗劫仍然在从容地进行，他的躯体早已灰飞烟灭，但他留下的誓言却让每一个有血气的中国人去直面比掠夺还惨淡的现实。

步入克孜尔千佛洞游览区的大门，迎面用金身塑裹的鸠摩罗什像在眼前打禅沉思。这位龟兹高僧面对千年沧桑，依然用一种博大的宽容诠释着人生的轮回。

最近，新疆维吾尔自治区政府在无数个纳谏者上书的"救救克孜尔千佛洞"的条陈上正式批文，要以最直接和实际的方式拯救克孜尔千佛洞，让其辉煌灿烂的文明在世界文化宝库中闪烁出夺目的光芒。

我为这决定感到轻松了。作为一个中国人，作为华夏民族几千年文明的传人，我们有义务去为世界文明的沟通、交流做出应尽的努力，千万不要在遗憾中抱恨终生。

因为，我们始终在营造文化氛围，让这永恒的文明成果去推动社会的进步。

庭院秋深

秋深了，树叶已开始从枝丫上悄然滑落，很哀伤的样子。那沉沉的暮气，把整个空间染成了一片灰色。

眼前，这座位于阿克苏市郊的四合院，曾经是南疆铁路工程指挥部所在地。参加铁路施工的万余名将士在东起库尔勒、西到喀什近千公里的战线上，克服了盐渍土、液化地基、高裂变地震区和季节性冻土以及风沙、风蚀等重重困难，用3年零3个月的时间，将南疆铁路这条钢铁大动脉的脊梁架到了终点喀什。

岁月如斯。作为峰战的指挥枢纽，这小小的四合院常常弥漫着战火的硝烟。当我卸去征战的戎装，以一名普通筑路人的身份故地重游，映入眼帘的，是南来北往的旅人挥手之间的匆匆和一日千里的步履。此时此刻，每一件往事都能引起我许许多多的美好回忆，而每一个回忆的细节，都会让人自然而然地把"遮天蔽日的扬尘""旌旗猎猎的场面"以及"千里摆战场、万人大会战"的豪气联想在一起，因为，这些画面，正生动地体现了当时的生活情景。

如今，这不大的四合院中，环绕在门庭前的垂叶榆因无人修剪，枝叶已在地上散成了美人似的睡莲，骨枝上也开始旁逸斜出新枝。庭院中间的那块"菜篮子工程"衰败得只剩下了枯叶和芦花，萧条的风景仅有秋风瑟瑟的声响。我感情里好像被撕裂了一种割舍不了的情愫，扯得心灵好疼，那根魂牵梦萦的思维顷刻之间随着记忆走远了。

"十年生死两茫茫。不思量，自难忘 …… 纵使相逢应不识，尘满面，鬓如霜。"

那些被岁月牵走的往事，每每忆起，总像是走进昨天，一切都还历历在目。

正如鲁迅先生所言："路，本是无所谓有，无所谓无的，走的人多了，也便成了路。"然而，没有人来走，后来横空出世的南疆铁路，先前原本是一片风沙湮没的茫茫戈壁和万古荒原。

阳霞抢险，把眼前的这座四合院的命运推上了风口浪尖。

设在四合院内的南疆铁路工程指挥部发挥着"组织、指挥、监督、协调、服务"的职能。1997年8月6日，当路基铺轨至阳霞时，阳霞段原设计完工的3.5公里路基因风蚀严重需要变更重新换填，而新疆建设指挥部仅给了九天的抢修时间。

给铺轨挡道意味着什么？四合院内，尽管为数众多的各路指挥摩拳擦掌，跃跃欲试，临战的烟幕笼罩着整个指挥部，但事不宜迟，身经百战又攻无不克的"虎将"指挥长庞国强被派往一线亲自坐镇指挥。顷刻之间，50名精兵强将和22台大型机械设备受命奔赴阳霞。阳霞工地地处粉细沙地段，地表温度高达60—70摄氏度，工程需要将地表原始土尽数挖出运走，同时填上戈壁，进行碾压，才能堆成路基。

当我离开四合院，正值炎热的季节，庭院内的榆树长势正青，花红柳绿，一派莺歌燕舞的景象。来到抢险工地，我看到的，是炎炎烈日下鏖战的悲壮。太阳正把一盆盆烈焰残酷地倾泻到大地上，荒原上的每一处，都像是被焰火烧红的火盆，发出灼人的焦味，唯有那扬起的粉细沙尘在空中肆无忌惮地飘浮、起落。抢险队员上至指挥长庞国强，下到每一个职工，因为过度炎热和缺水，他们的嘴唇周围都不同程度地起泡、红肿、出血，有的人已裂开的嘴唇上，正滴着殷红殷红的鲜血……

这是一场人与自然的角逐，现场的每一种存在，都在争夺着最后的主角。

7天苦战下来，庞国强他们共挖、填土石方33000多立方米，提前两天完成抢险任务，被自治区建设指挥部嘉奖7万元。

当尘埃落定，庞国强满脸风尘胜利归来，四合院用迎接勇士的笑容，为这位英雄精心编织了一夜璀璨的灯火……

喀什会战，自从千军万马在历史古城那一片茁壮成长的葡萄长廊和石榴园里推出一条钢铁通道的那一刻起，阿克苏市郊的这座四合院内的电话就响个不停，进出的车辆络绎不绝，俨然成为阿克苏市乃至阿克苏地区八县一市最繁忙的街景。

会战的结果，建设大军在挖、填180万立方米的土石方后，建设成了现代化的车站、广场和高等级公路，最后，还在原始取土的低洼地带，为当地农民新辟出良田200亩，以及过水水库一座。

夏风吹来，吹到帕米尔高原下的喀什古城时，已经是秋高气爽的习习凉风了。站在正在施工的一堆堆被推起的土坡高地上，我用心去读一首史无前例、澎湃浩荡的创业史诗，看着那些穿梭奔忙的人们和轰鸣低吼作业着的机械群，我仿佛看到了一匹匹仰天而立、傲视风云的骏马，于原始的旷野上贮满了奔驰的欲望，似要在昆仑山与帕米尔高原之间奔跑起来。我站在高地上，就如同坐在一匹奔跑的马背上，成了岁月最骄傲的骑手。

这恢宏壮阔的场面，恰似时代发展的独特乐章，把孕育这里文明与创造的最深刻、最痛苦、最伟大的变革与进步决然地推向了最强烈、最雄亮、最壮丽的声部。

我被这磅礴的气势所震撼。那一天,当我赶到四合院,奔流的思绪令我激动不已。我提起笔来,眼前浮动的情景让我自己在夜阑人静的时候,亲自去指挥了一场"喀什会战"……

夜宿柯坪,这一片深沉的黑色,仿佛黎明前黑茫茫的大地旷野,有着无边的神秘,充满了出奇的寂静。这是南疆一个名不见经传的小县城,是我的记忆曾经够不着的边岸。南疆铁路建设所需的爆炸物品就在这里起解。

忽然,一线苍茫中的幽蓝,划过时间的长河,所有的混沌都在墨黑的暗夜里把已经语无伦次的沧海搅成了惊涛与巨雷。

地震了!我下意识的理念还未完全苏醒过来,同宿的几位旅客已先我一步"蹭蹭蹭"地蹿下了楼,跑得疾如闪电,无声无息。我只感觉这沧桑的土地浑身上下剧烈地抖动了一下、两下,然后又猛地晃了几晃,平静了。一切凄厉和缥缈都在尖锐而急切的流露中完成了。

在已经静止的时空中,我脑海中跳出的第一个念头就是四合院指挥部里月光的静谧与深邃,那犹如家的感觉,让我在惊心动魄之后,多少把一种渴求平安的心绪传递给了四合院里那片其乐融融的氛围!

我的脚步穿过四季,身影,早已干枯成了秋天的守望。

秋是成熟的季节,谁有理由拒绝收获呢?

我从城市向荒原走来。在别人眼里,我是在走向死亡 —— 塔克拉玛干。在我眼里,我是恪守着信念走在深秋的夜晚。

我的坚贞没能让四合院感动,相反,决堤的洪水携带的泥沙却把这个指挥部淹成了一片汪洋。惊慌失措的人们纷纷攀缘到屋顶、树上,躲避这空前的灾难。整整一万多立方米的泥沙啊！

　　浩劫把四合院的围墙推掉了一大半，所有敞开门的房间都被填了一米多厚的污泥，几辆施工指挥车的引擎和发动机内淤满了杂草和沙石。现场惨不忍睹！

　　好像只是经历了一场入秋的凉风。筑路人的胸怀撑起了四合院那张被吹落的船帆。没有人在这风中长吁短叹，他们自己动手，重建家园。轰轰烈烈中，也没有忘记要营造一方属于自己的蓝天！

　　后来，也就有了四合院中虽经洪水而不倒的垂叶榆，也就有了四合院中那片利用洪水冲积的泥沙而开垦出的"菜篮子工程"……

　　而现在，人去楼空，物是人非，大有"昔人已乘黄鹤去，此地空余黄鹤楼。黄鹤一去不复返，白云千载空悠悠。晴川历历汉阳树，芳草萋萋鹦鹉洲。日暮乡关何处是，烟波江上使人愁"的感慨。

　　一队鸟儿高高掠过，向南。一堵老墙沉默不语……除了那远远近近的草和树，我还有什么值得怀念的呢？

　　四合院，好像是一个很小很小的村庄，又好像是一个已经破落的小屋，我真想递过手去，给它一个简单的问候，哪怕只是一次心动……

　　秋天正平静地注视着这一切正在发生的感伤。

　　曾经沸腾过、火爆过的四合院，随着南疆铁路的全线贯通投入运营，它的历史使命也已结束。那远去的辉煌，被深深地印在了大地。也许，连任何痕迹也不曾留下。

　　明年，或许更遥远的某一天，我还会来吗？我问自己。其实，这里新来的人，也不会知道我是谁。

　　和这里待过的所有人一样，我把遗憾和失落写在了世纪末的年轮上。

　　我来了，又走了。毕竟，我也是这片土地上一个匆匆走过的旅人啊！

永远的绿洲

从飞机舷窗向下俯瞰，掩映在绿洲之中的喀什就如一袭翡翠做成的彩衣，轻拂着古朴的芬芳。

装载着醇厚情感的喀什，它的身后是冰雪覆盖的世界——喀喇昆仑山。这条伟岸的山脉孕育了全世界半数8000米以上的高峰，素有"万山之祖"的美称。

喀什沿着昆仑山巨大的山脊缓缓地铺设着帕米尔高原之梦。那些浅浅的草甸，睁着深邃和灰色的眼睛，像在焦急地等待着梦中的恋人，在眼前这座古老的城市面前不停地吟唱着四季的歌谣。

旖旎流淌的叶尔羌河，沾濡着几千年"万山之祖"的孤独寂寞，静静地躺在绿洲的摇篮中倾听着岁月的喧响。

这么一幅巨大的图画呈现在你的面前，不得不引起你的心灵震荡和灵魂传响！

挺拔的白杨、低矮的石榴、苍翠欲滴的葡萄长廊、硕果累累的果园和沙枣林，晶莹剔透地悬挂在喀什这块漂亮的壁毯上，以西域特有的礼节和北方豪爽的个性，迎接着每一个闯进它视野中前来寻找朴素的人们。漫步的马和维吾尔族姑娘飘曳的长裙，被太阳金黄的光芒融为一体，在街巷的每一个角落，都闪烁着燃烧的激情。记忆在这片热土上，时刻都仿佛在熬煮着一壶浓浓的奶茶。

曾经有人说："不到喀什，不算到新疆。"这可能正是因为它的厚重与博大让所有的灵感陈酿过太长的年代，取人杰地灵之神，采高山流水之韵，捕捉不可替代的泥土和气候的情思，发酵、揉合、升华、贮存，继而成为历史文化的卓越典范，所以才显得窖香浓烈、体态丰满、诗韵流动、回味悠长。

当我一脚踏上喀什这片土地，那种浓郁的绿色，那种脉脉的温情，真的让我有一种回家的感觉。

位于市中心的艾提尕尔广场上，雄伟壮丽的艾提尕尔清真寺显得古色古香，一根根镂花雕木把整座建筑衬托得富丽堂皇。维吾尔族用自己的智慧和聪颖把杰出的建筑艺术呈现在我们的面前。这座始建于1442年的礼拜寺，分礼拜殿、侧拜廊、庭院、拱顶、尖塔和正门六部分，占地面积16800平方米，寺内可同时容纳两万多人做礼拜。那种典雅，那种古朴，立刻会让你的思维穿越在许多古堡和城池之中，去与历史对话。

昔日的残墙断垣已所剩无几，继之而起的是在现代文明熏陶下平地盖起的一幢幢高楼大厦、平坦的街道以及被人工悉心修建的城市公园和绿化园地；接踵而来的是一代伟人毛泽东的雕像在繁花锦簇的广场上挥手之间的磅礴，那气势让同时坐落在人民广场上的金水桥坦然地含笑，又坦然地面对着喀什这座城市的昨天和今天。

富裕，正在使喀什变得年轻，变得美丽起来。

盘橐城位于喀什市城区东南端，距城中心约三公里，据文字记载已有2000多年的历史。73年，东汉正使班超引36名壮士出使西域，驻守疏勒（今喀什市）盘橐城十余载，经过长期斗争，为维护祖国统一，加强民族团结做出了巨大的贡献。他在71岁回到长安后，官封"定远侯"。

当我们从历史的刻痕上悄然走过，可以感到它痉挛的痛苦。

好在班超在西域30余年，为国为民不畏艰险，敢于斗争、善于斗争的精神，一直激励着后人，他的不朽业绩广为流传，受到各族人民的敬仰。

喀什人热情好客，人们常常用装满真诚的友爱去执着地挽留住每一位客人。

我的朋友、在喀什土生土长的喀什地区安全处的王志军、兵团农三师公安处的鲍俊听说我已买好了当天的火车票，匆忙赶来，握着我的手说："在喀什多待一段时间吧，你会喜欢这个城市的。"

其实，认识他们俩，就让我认识了今天的喀什。

在喀什，他们极力用朋友的奔放和友谊塑造着每一个阳光灿烂的日子。对于喀什，他们都有着一份永远也割舍不了的情愫。当他们给你谈到养育他们的这片土地上的特产无花果、伽师瓜和石榴时；当他们给你说起喀什的历史、现在和未来时，像是在同你同吃一块香酥的奶酪，同饮一河叶尔羌河水，共同沐浴帕米尔高原和煦的阳光，一起去仰视昆仑山冰雪的圣洁和山峰的巍峨。可以这样说，他们对这片土地的感情包容了人的因素，他们是在用心灵歌颂属于他们的每一段心史。只要你需要，他们会用真诚换取真诚，用信任换取信任，为你精心编织旅途的温馨，为你送去一份份朋友的祝福，给你提供一处泊船的港湾，甚至为你送来一缕绿洲的微风。

我知道，我只是这里一位匆匆的过客，办完事，我就会走的。没想到，在我临别喀什、即将踏上东去的列车时，老友王恒森却手捧着伽师瓜风尘仆仆地赶来为我送行："带一些我们的土特产吧，就算带上了朋友一颗朴素祝愿的心。"列车徐徐启动，他一直沿着站台向我挥手奔跑，一直跑了很远、很远……

　　自由放歌的叶尔羌河仍然漫不经心地在河床上流淌，那遇砥石而泛起的涟漪和浪花，宛若一根信念的桅杆在风中美丽着绿色的守望。两岸的绿洲，一如原始的宁静，任树涛阵阵，仍然保持着生命的激昂。

　　我终于明白了：生活原本是一幅图画，走远了，总有许多回味留在心头；走进画面上成熟的季节，它本来就是一处静态的风景。

牧野唱晚

在阿克苏，有一处被人称为"沙井子"的垦区。垦区内有成片的麦田、稻田和蔬菜种植园，还有广阔的牧场分布在已被绿化的沙山戈壁上，如闪闪的珠光放射着五彩的斑斓。时而有成片的牧群自天边移来，黄白相间，黑褐相连，说不出的那股情调。远远的山巅上的积雪被炙热的太阳烘烤着，白花花的雪又化成了冰清的水，沿着山脊汩汩滔滔地流下来，汇成千万条明澈的小溪，在牧场上纵情流淌。牧人们不时地变幻着吆喝的号子在挪动的步履下书写着春秋。这里有一如原始的壮美，那金色的风把黄色的沙尘和古铜色一般的脸吹得缓缓地一步一回头。

牧羊人宽大的背脊也如耕农一般面朝黄土背朝天的模样，像是在那清澈的小溪里或布满绒草的荒原上寻找他们生命的梦想。

"哦！下课喽！"一群牧羊人的孩子在宽坦的草原上欢呼雀跃，那天真的童趣令许多人羡慕不已。老牧羊人脸上积满了秋天晨晓的白霜。这些孩子不理解呵，不理解牧羊人的悲凉。

孩子们渐渐长大了，到了十一二岁，就开始接过父母放牧的羊鞭在原野上仍如放学时那般兴奋的样子挥舞着，就如同在歌唱着一个纯纯的希望。他们是无拘于大自然的厚爱的。当然，这童趣又使他们滋生出一种野性、粗犷、豪放，女孩长得犹如男人那样剽悍。剽悍之下又藏着那么一份少女的羞涩与腼腆，美丽与热情。

年龄大了，他们虽然对牧场产生过浓厚的兴趣，也诵咏过父母牧羊的崇高与神圣，但是不再封闭的社会环境还是令他们可以凭自己更广泛、更独特的思维去考虑如何适应那些还没有接触过的职业，在心底他们萌动了改变自己的念头。

在高等学府里，提起自己是牧羊人的后代，别人便不屑一顾，极端瞧不起的那种姿态。因此，他们怎么也骄傲不起来。他们中有的为自己是牧人的后裔而伤感，有的为别人说自己天生下来就有一股羊膻气而惭愧。更多的人则不是这样，他们仍如童年昂头而歌，笑柄自然而然地成了过目烟云。

一切都过得这样平淡而又平凡。朝出暮归，牧野用它温柔、宽厚的胸怀哺乳着一批又一批牧人的后代，然后又似轻风送炊烟那样把他们交给牧野之外更广阔的大自然。他们有的飘去了，就再也没回来；有的飘出去后来又悄然回归，还有一些是被牧野的辽远、壮美吸引着，加入了这片古老而又原始的群体之中……

后来，毕业回单位的大学生被分配到基层接受锻炼。我被安排去了一个农牧场学习畜牧育种。带班的师傅姓沈，一个很好的老伯。

我开始很想不通，我一个学新闻的大学生，干吗让我来学这个？

沈老伯看出了我的心事，笑着对我说："让干什么就干什么呗，难道这也能把人难倒不成？"他乐了，我也乐了。是呀，多一门手艺总比少一门强，艺多不压身。这样，我就干上了。说真的，任何事情只要入门，慢慢就会有兴趣的。

牧场的人很开朗，只要投机，便无话不说，我渐渐成了沈伯伯家的常客。

每天踏着软绵绵的草原去各个育种场转悠，日子过得也还算惬意。沈伯伯怕把我累着，什么事情都自己亲手去干。我自己心里很过意不去，也忙着帮他打下手。夕阳牧归，一群群牧羊漫过绿色的草甸如漫在绿色的海洋上溅起的一朵朵白色的浪花。那起伏的步调，牧人们和谐的吆喝声融进晚霞之中又像在海洋上颠簸的驳船发出的均匀的汽笛声，令人神思飞扬，浮想联翩。

沈伯母待人很热心，她见我一人孤孤单单的，怪寂寞，每逢周末便邀我去她家做客。伯母做的那一手清炖羊肉，吃起来可口、浓香，回味悠长。每至这个时候，好客的伯母还会专门拿出自己亲手做的陈年老酒让我和伯父一起品尝。喝得多了，伯父便滔滔不绝地向我讲起许多让他担忧的事情。

"现在的年轻人看不起干畜牧这一行，有的还觉得丢人。当然，这不能全怪他们，这是人为造成的遗憾。我们的子女，从小在牧场长大，按理说对牧场应该是很有一番感情的。可是，一旦有机会离开牧场，就一个个争先恐后地抢着飞了。难道畜牧业就这样完了吗？"沈老伯猛猛地喝了一口酒，伤感地说。

是呵，这样下去真的后继无人。什么事情不需要人来做，坐在那里就能够凭空从天上掉下来？我们餐桌上摆的、身上穿的、床上铺的盖的，有哪一件没有沾濡牧人的心血和汗水？畜牧业的发展虽然刚刚起步，但它的前景十分可观。这个行业不但不能衰落下去，而且还应该加大人力资源的投资力度……

沈老伯的话，给我触动很大。初来时，我不也一样感到心灰意冷，抱着混天度日的念想么？

牧野的黄昏煞是醉人。

　　一个人独独地走在旷野上，虽然寂寥，却让辽远勾起了满心的思潮：我感到，孤独其实有时也很美。它让我懂得了苦涩的滋味原来是沉淀后的眷恋。我忽然有了一种想留下来的冲动……

　　碧绿的草原上，几匹卸了鞍的马在悠闲地漫步，一群群羊撒满山坡，只有沈老伯家那一幢孤零零的黄色土坯房在夕阳下被时光剥落得有些陈旧。但那古朴的色彩里，始终有着一种恬淡的韵味，一种走近的乡音自远方飘来。

　　秋后有一天，沈老伯突然挎起药箱，骑着马箭一般地奔出了牧场。很快，那单薄的身影随同马匹便消失在茫茫的暮色中了。我不知道到底发生了什么事，忙去向场办主任打听。场办主任才告诉我：今年立秋后天气骤然变冷，往年却没有这种情况。待在高原上的牧群来不及向山下赶，大雪将要封山，牧群危在旦夕，很多良种羊已经在死亡线上挣扎……

　　沈老伯担心我还是个孩子，怕受不了高山反应，所以没有叫上我。

　　场办主任还告诉我：每年这个时候，是牧人最忙的季节，牧群是这些牧人们的命根子。牧群如果出了问题，那简直就是拿起刀子在他们心头上割肉！

　　我的心被这些牧人们朴素的情操感动着，自己一咬牙，迅速解下一匹马，骑着追赶沈伯伯而去。

　　赶到现场才发现，那真叫忙呀！成群的羊倒在雪野上，像一棵棵刚被伐倒的幼树。沈老伯沉着冷静地一只只检查，寒酷的冷空气把他呼出的热气凝聚在帽檐、大衣领子和胡子上，结成了一茬茬冰晶似的白霜。一场大急救下来，他竟在霜雪满天的天气中累得满头大汗。

　　时年已六十余岁的沈老伯，在畜牧战线上连续滚打了几十年，那一次是他最后一次去例行公事。这件事结束不久，他的退休报告批复下来了。他很感慨，说："真舍不得离开这里。对牧人来说，草原才是我们真正的家园"。那一天，我从他的眼睛里看到了一丝无可奈何的惆怅。看得出来，如果不是年龄大了，他真的舍不得离开他为之奋斗了几十年的牧场。

我想起在中学，在大学，那些以耻笑牧人子女为乐趣的人，相形之下，他们是多么浅薄啊！劳动者的本色，正是在于无数个如沈老伯这样朴实、谦虚、忘我的人的默默奉献。那些过高地估计着自己、却鄙视劳动的人们，最终在时光的隧道里被风化成了细沙和微尘。

是啊，正是被某些人鄙视的东西，它的本质才是最伟大的。牧野上，沈老伯倚着栅栏凭空远眺，头上的白发被风吹着，不停地翻飞。他的背影在博大的天宇下站成了永恒的坐标。这时，我才觉得自己一夜之间成熟了，开始明白事理了。是啊！只要这个世界上有人需要肉品、皮革，就需要有人去饲养和放牧，这有什么不对吗？我想，这些人活着，是为了更多的人更好地活……

已是傍晚，夕阳渐渐沉落下去，红色的晚霞，蓝色的天幕，把天地染成了一个色彩斑斓的圆。原来，牧野晚唱，才是草原上最美妙至极的组合。

故园拾遗

　　听说，孔雀河水快要干涸了，我不信。去南疆走了一趟，果然发现这条被塔南人称誉的母亲河已水草露尖、浅不没膝了。昔日胡杨摇曳、罗布麻遍生的孔雀河畔，如今真的将要断流见底，我情感的思维里像是注入了重铅。我是喝着这湾河水长大的，看着它现在这个样子，我为此深感惋惜。

　　这里是我儿时的故乡。

　　20世纪70年代中期，新疆铁路工程局承建的吐鲁番至库尔勒的南疆铁路正处于艰苦的施工阶段，一线上沙大风猛。针对点多线长，布局分散，职工居住区不便于集中的具体情况，前线指挥部做出决定，将职工家属全部迁往大后方。这样，原铁路工程局一部被迁往位于库尔勒——尉犁县中段的一片胡杨林区。

　　总不能坐吃山空。他们自发组合，开始了轰轰烈烈的向荒原要田的伟大创举。在这支开荒辟田的队伍里，仅有的是妇女、少年和儿童，缺乏的是精壮的劳动力。那些被伐倒的铃铛刺，那些新开垦出来的土地，在荒原上，在密林间，被重新赋予了新的内容。

　　孔雀河畔的夏日浪漫而充满情调。

　　这些本属于大山的儿女们在青碧的河水里沐浴着阳光。柔和的沙滩，远处交织着胡杨林婆娑斑驳的树影，整个新开垦的田野上溢满了生命的气息。

农闲时，他们集体去林间砍伐胡林树干做工具把柄。甚至连那些上学的少年们也利用课余时间去野兔出没的地区埋设兔夹，捕捉野味。冬季假期，整个村落的男女老少则扎好绳索，扛起坎土曼，去野外挖甘草，割野麻。在他们辛勤的耕耘下，大片的荒地变成了良田。原来参差不齐、横衍乱生的胡杨林，变成了成行、成片布局整齐的胡杨林带。农闲时的积累又为他们越冬储藏了足够的食品。每逢初春油菜花在风里弥漫着芳馨，埂与垅上野生的铃铛刺在阳光下吐着锋芒的时候，胡杨林的春天便赛过了江南的清秀。

这自然的构思像一首精巧的小诗。

清晨，炊烟袅袅。早起的农妇们在田间追肥、灌水。她们时而挺起胸膛捶着腰椎，时而埋下头去认真锄禾。一群捧着饭盒在晨光中为母亲送饭的儿童，如出水的芙蓉在清凉的气息里轻轻招摇，那红扑扑的小脸上洋溢着稚气、幼嫩的成熟。

这群妇女和儿童，自有他们自己的精神支柱。在丈夫不在身边的日子里，她们不但要用双手经营好自己的小家，而且还要坚持守望着方圆几百公里的胡杨林区，为前方征战的将士们营造着一方温馨的港湾。当丈夫们从前线凯旋，这遍野的青碧竟使他们异口同声地感慨："这些女人真不简单！"

时过境迁。原先在林区曾为多挖一锹土、多间一行苗在田间互相竞争的那群孩子们，如今也一个个出落成风度翩翩的小伙和亭亭玉立的姑娘了。他们中的一部分人在接受了高等教育之后已经走上了工作岗位。还有一些也步入了那个时代自己父母的行列，做了父亲、母亲。然而，在他们心中，那把沉稳的犁铧却从来没有停止过耕耘。

是那把沉稳的犁铧，使他们初识人生；是那把沉稳的犁铧，使他们始悟创业的艰辛；也是那把沉稳的犁铧，使他们比同龄人提前早熟，明白了许多看似平淡其实却很深奥的做人的道理。

这群青年可能永远也不会忘却那一段岁月留给他们的每一份记忆。当他们随同母亲在孔雀河边垦殖、开荒的时候，也同时把自己的梦想播进了土地。他们曾同母亲一样焦渴地期待着收获的季节。当金灿灿的麦穗偏着头颅在田间向他们招手致意的时候，当遍地的花草开遍整个山野的时候，他们的心中如母亲一样又填满了沉甸甸的充实。

他们刚随母亲迁徙于此，住的全是清一色的半截在地上、半截在地下的地窝子。校舍则更是再简单不过了。可是，这里却是一座天然的胡杨公园。苍翠蓊郁的林间，生长和生活着在同一纬度和气候条件下所能生存的各种飞禽、走兽和植被，长着角的草鹿和黄羊稍不留神就会从身边窜出，一撒四蹄便跑得无影无踪了，留下一串青烟在视野里飘散。闲来垂钓孔雀河畔，日暮的余晖在闪着粼粼波光的河面上倒映着斑斓的色彩，那情景更让人流连忘返。

十几年过去了。当我故地重游，面对这一河沐浴过我童年的碧水，面对已经再度荒芜的土地，我情感的思潮里翻滚的不再是幻化的美景，而是由衷的遗憾。

随着南疆铁路的建成通车，居住在这里的筑路工人的家小全部迁离了胡杨林区，只剩下了胡杨的涛声和静静流动的孔雀河。

来到孔雀河边，我刻意去找寻那把沉稳的犁铧，终于找着了。可是，它已经折戟沉沙被重新挖了出来，上面锈迹斑斑。我试图磨出它曾经的光泽，怎么也还原不了它旧有的锃亮。岁月已经把它浸泡成了一件古董。

　　也许，随着时光的流逝，过去的终将过去。留不住的，是时光的脚步；留下来的，是生活过的那段永远也挥之不去的记忆。

　　毕竟，这片热土在洪荒年代里，让我顽强地活了下来。我感激这片土地！